U0630372

徐三保 著

大地往事

一个火车司机的半生

华龄出版社
HUALING PRESS

有 态 度 的 阅 读

小马过河（天津）文化传播有限公司

序

旧时背影，在微凉的风中

暮春的江南，草长莺飞，芳草碧连天，水汽氤氲而花开将残。我同许多人一样，却因疫情禁足在家，与美好物事隔离。三保发来这部书稿，要我给写篇序。辞了多次未能辞掉，只好应承。

在手机上看稿，字如蚁阵，细密而繁复，伤眼不说，颈椎也吃不消，一旦有电话进来就被打断，然后再划动屏幕吃力地找回……断断续续看了数日。好在这些记人写事的文字确实有点儿意思，都是关于故乡、关于成长的记述。青草池塘，雨露闪耀，不乏温暖抒情的笔触和隐秘心灵的品咂，读来入味，有亲切，有共鸣，有被唤醒的自己的童年，读进去竟不能自拔……还有相当篇什，都是在报刊上发表过的，算是重温。待看完全部文稿，小区已解封。立于阳台上，一弯幽月一天风，满屏文稿满屏思，索性就在手机上读起来，且序且抒。

认识三保前，先结识他的文字。那时他常给报纸投稿，多是千字文，篇幅短小，不蔓不枝、不求文采，无宏大气象，亦无任性锋芒，多以朴实文字写平凡生活，凭细腻入微胜出，我直接签发过多篇，以至后来只要看到那种淡棕的肥短信封，以及信封上短而朴拙的字，就知是三保来稿了。

直到六七年前在我退休后的一个暮春的日子里，一大帮子人在铜陵樱花谷赏花，熏风轻拂，红裳飞衣，满眼都是人间四月天。一个身材不高、脸面稍黑的中年人走到我跟前，轻唤一声"谈老师"，说他叫徐三保。呵呵，三保呀……稍一愣怔，感觉他就是想象中的样子：谦逊恬淡，平和安宁，不喧嚣，不惊扰，同他的文章一样质朴无华。

生命的体验，来自故土之情的发酵，三保进行的是蕴藉而悠长的写作。这本《大地往事》涉及面很广，家庭、学校、社会、自然……既有长辈亲人、老屋记忆，也有乡邻陌路与自身职场、山川草木、四季田园和风霜雨雪，以及人与环境、生存与生命，或叙或描或抒发，不矫揉不做作，时有灵光乍现，意蕴别存。目送着那些渐行渐远的背影，一字一句轻叩着你的心，这是属于三保的岁月长诗！日升月落，复沓有歌，乡土是永远的精神家园，我们走得再远，也永远走不出那些曾经的快乐、忧伤、希冀和迷惘……对于以文字立命的人来说，沉淀的阅历，深厚的积累，还有敏感的心灵，都是必需的。

就像邂逅一位故人，说到儿时，常有算命的盲人出现在我的记忆里，身影或长或短，一律瘦瘪，穿件破旧长衫，背把胡琴，由一个同样瘦弱的男孩或女孩牵着，行在苍茫的乡道上……你不知道他们从哪里来，又往何处去，只有寒风卷起一团一团的枯叶在脚下打着转。少年时期的三保，就是这般搀着他的二伯父走村串户替人算命。二伯父家那个院落，是他们共同的归宿。二伯父视他如子，给他温暖与守护，而他也与二伯父共同承担人世的冷眼与凄苦。许多个夜晚，煤油灯闪着昏黄的光亮，他在小桌上埋头做作业，二伯父在桌边长凳上搓草绳或打草鞋。这样一份特殊经历，对一个人的影响，是足够深远的。

俯首大地，祖辈、父辈都深陷在同一条河流里，一茬茬地重复着农作物的命运，在劫难逃。一棵大树，秋来黄叶飘落，而到翌年春天又是绿满枝头，都是拜脚下仁厚的土地所赐。三保的父亲是位极普通的农民，一辈子在土地上劳作，辛苦养育子女，脾气不太好，时而酗酒醉卧村头。但是，那时水塘清澈，树木森碧，田野一望无际，阳光熠熠生辉。三保上学读书的时光，既寂寞漫长又能无厘头寻乐，好在他的成绩一直不错，堪可抚慰父亲的心。

沃土如梦一般扩散，故乡的长辈亲人，精神血脉的认同，在个体生命记忆中不停转换。似乎所有家园的灯火都是母亲亮起的，仿佛一朵一朵的花儿，开在心底深处。思念母亲的时候，少年时代变得温馨而深邃。母亲的慈爱，母亲的睿智，母亲的通情达理……总是叙述不尽的话题。母亲之所以会成为文学的永恒主题，是因为你一旦离开，再也难找回。

还有奶奶、堂伯、小姑父、堂姑父、哥哥、堂哥、姐姐和姐夫，以及男女同学与学校老师，都是叙述的对象。童年如同打翻的五味瓶，有欢乐，有悲伤，有成功的快慰和失败时屈辱的泪水，纯美的，温暖的，炽热的，凄凉的，酸甜苦辣皆在其中。一个人一生，总要经历很多事情遇到很多人，经过时间的过滤与淘洗，就有了迷离，哪怕是一些稀松平常的事情，也值得留意。而对于作者自己，或许只有通过这种"回望"，才能彰显出过往生活，以及流逝岁月中生命的意义和价值。

乡村的雨夜，要么沉寂，要么喧哗；一雷惊蛰，心底的雨水，会汩汩涌出。蹭电影，看戏，放水，看甘蔗，照黄鳝……

我喜欢所有的乡间故事。三保无论是写景还是抒情，笔致都疏朗简约，颇能传神，一些比喻也清丽灵动。在那些被唤醒的细节里，能听得到乡野蝉鸣蛙叫，看得见农耕的喧腾与夏日悠长，都是异常丰饶的，充满人情味的。而在夜晚宁静的天幕上，星星显得格外稠密，美得无法形容……及时用笔把它们记录下来，留住了一份独属于自己却又属于一个时代的记忆。

寻觅着风吹来的方向，更能引起自己的回转与感叹。我曾应邀在武汉《名家论坛》举办讲座，题目是《江南文化记忆及写作立场》，其中强调一点，一个人的写作入手和文字情趣，往往是由其生平履历和生活背景所决定的。徐三保早年的《放水》《耙松毛》《寒冬琐忆》等篇目，就是对我这句话最好的印证，贫乏的物质生活条件令人怜惜，却不乏无拘无束的天真与欢乐，还有自尊与敏感。

当城市每天都在割裂着人与自然的联系时，我们重返故乡，体验到的都是物是人非，天边一弯幽月，又会割痛了多少往事！人生诡谲，生命无常，许多时候，转瞬之间，就是生死异途！

中年写作，普遍地呈现着一种伤感的底色，因为我们总是无法坦然面对记忆。依稀想起了久别的夕阳，余晖已不再……在物欲横流的千变万化中，流水无情，又是怎样地淘漉着年华？岁月如歌，逝者如斯，经历多，是好事，但心绪难免苍凉。

是为序。

谈正衡

2022年4月末于芜湖

目　录

少年心

一名火车司机的真实生活　　　　　　3

方 老 师　　　　　　6

记忆中的鸬鹚　　　　　　16

放　水　　　　　　21

狗中君子　　　　　　26

故园影像四叠　　　　　　30

寒冬琐忆　　　　　　55

怀念养猪的日子　　　　　　60

看 甘 蔗　　　　　　68

老　屋　　　　　　74

我的小学　　　　　　　　　　　　　　77

我的怕和爱　　　　　　　　　　　　81

贴 财 神　　　　　　　　　　　　　88

照 黄 鳝　　　　　　　　　　　　　91

捉鱼往事　　　　　　　　　　　　　94

农　忙　　　　　　　　　　　　　　97

小时候的春节　　　　　　　　　　　102

乡愁断章　　　　　　　　　　　　　109

亲人们

我的蒸汽机车生涯　　　　　　　　　123

父　亲　　　　　　　　　　　　　　132

母　亲　　　　　　　　　　　　　　135

那盏煤油灯　　　　　　　　　　　　138

奶　奶　　　　　　　　　　　　　　141

小 姑 父　　　　　　　　　　　　　147

表　弟　　　　　　　　　　　　　　152

岳父的爱情　　　　　　　　　　　　155

伯父的算命生涯　　　　　　　　　　158

二 姑 父　　　　　　　　　　　　　163

堂　伯　　　　　　　　　　　　169

我的"迷糊"师傅　　　　　172

街坊们

邹 大 胆　　　　　　　　　181

老 奶 奶　　　　　　　　　190

耙 松 毛　　　　　　　　　198

卖小百货的老奶奶　　　　　201

露天电影　　　　　　　　　207

收蛇者老季　　　　　　　　211

开水炉子和油炸铺子　　　　217

剃 头 匠　　　　　　　　　224

修理铺里的青春　　　　　　232

老胡夫妻　　　　　　　　　242

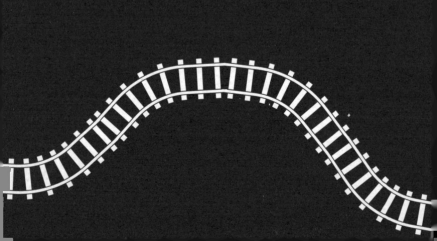

少年心

一名火车司机的真实生活

十几年前，我怀揣着青春的梦想来到单位上班。虽然上学时也听老师说过机车乘务员的辛苦，但其中滋味，只有真正摸爬滚打了这么多年才能深深地体会。

刚上班时还是蒸汽机车，记得第一次上车就想帮师傅做些小事，师傅和蔼地笑着说："上车先要练站稳，才能干事！"蒸汽机车开起来司机室左右摇晃颠簸，跟车跑了半个多月，总算在火车开起来也能站稳了。当时有一段顺口溜说得比较贴切："远看像个要饭的，近看像个收破烂的，仔细一看才知道是机务段的！"就是对蒸汽机车乘务员下班时形象的真实写照。我们每天都在狭小潮湿、灰尘飞扬的司机室，一锹一锹地铲着煤炭往炉膛里扔，还要利用巧劲儿，把投进去的煤均匀撒开。刚开始师傅们空闲时手把手地教我烧火，学了两个多月，有一次拉的货少，师傅让我烧了一段，列车停下后，师傅踩开炉门一看，摇摇头，皱着眉苦笑说："唉，听你讲起来头头是道，但看你这烧的炉床是'有山有水'（指炉床坑坑洼洼，煤没撒开），看来还要下一番功夫啊！"说得已经累得直不起腰来的我满脸通红，暗下决心一定要干出个样儿来。渐渐地，烧火水平有所提高，一趟下来少则烧三四吨煤，多则六七吨，刚开始两手都磨了好几个血泡，慢慢地变成老茧。下了班早已累得筋疲力尽，满脸是灰，只有一双眼睛在闪烁，让人看到一丝丝生机。我出生在农村，但一直在学校里读书，像这种高强度的体力活，还真是没有经历过，有时想放弃，心想早知道这么累，还不如在农村种田呢！

夏天烈日炎炎，站在大锅炉边，还要卖力地投煤，手臂上一颗颗汗珠清晰可见。身上的工作服干了湿，湿了又干，下班时衣服上结了一层白色的盐花，工作的间隙只顾得上大口大口地喝水补充水分；冬天雪花飞舞，呼啸的北风吹在脸上，像被鞭子抽打一样生疼，经常在半夜睡得正香被叫醒上班，这时才体会到每天睡到自然醒是多么幸福的事！从温暖的被窝里爬起来，穿上厚厚的工作服，白茫茫的雪地死一般寂静！除了听见呼呼的北风在肆虐，只有自己深一脚浅一脚踩在雪上发出"咯吱咯吱"的声音在寂静的雪野里回响。干这一行就得适应随时上班，不管白天还是黑夜，有时困得眼皮实在睁不开，只好站起来瞭望，或者把头伸向窗外，让寒冷的风吹走倦意！开窗瞭望，一只肩膀在窗外，接受风雪的肆虐；一只肩膀在司机室，感受着火炉的阵阵暖意，所以蒸汽机车司机干的时间长了，很多都得了关节炎。

　　终于熬到换成内燃机车，体力活大幅度减轻，再也不要抢锹铲煤，司机室也变得干净明亮了，车上配套设施齐全，上班的工作环境得到了改善！但随着科学技术的进步，对司机素质要求越来越高。一旦运行途中出现意外情况，必须在最短时间内将准确的信息反映到脑海中，并迅速做出正确判断，所以上班的精神压力也越来越大。有些人甚至做梦都梦见上班时发生意外，不知所措而半夜惊醒，醒来一身冷汗！

　　这就是一名从蒸汽机车的煤灰里走来，正在内燃机车明亮的司机室里憧憬，盼望着高速快捷的电力机车尽快到来的火车司机的真实生活。

方 老 师

人生有梦不觉寒，我到了有梦的年纪。

最近常在幻境中回到小学时光，背着打了补丁的布书包，跑到山坡下，听清晰琅琅的早读声。

一排排低矮破旧的瓦房映在眼前，我冲向熟悉的教室门口，大声喊"报告"，一位白衣飘飘的年轻女教师正站在教室的讲台上领读，颔首微笑地望着我。

她是方老师，刚从外地调来不久，二十出头，身材瘦长，皮肤白皙水嫩，扎着马尾辫，瓜子脸，高挺的鼻梁，笑起来脸颊上有两个浅浅的酒窝。

方老师牙齿虽白但参差不齐，仿佛炸开的爆米花，因而很少大笑，笑时习惯性地掩着嘴。她穿着整洁干净，特别喜欢白颜色的衣服，我小学二三年级时，她都是班主任。

离我们学校不远的地方，是乡卫生所。

乡卫生所内空旷的场地，也是我和小伙伴的游乐场，医生们见怪不怪。太吵闹时，他们会皱着眉头，挥挥手，不耐烦地对我们喊几句："小声点，小声点！"

方老师和乡卫生所英俊帅气的叶医生也有来往。

周末上午，方老师去卫生所门诊找叶医生看病，药方开好，俩人聊得投机。我和同村同班的辉好奇，扒在打开的窗户水泥台上瞅。方老师无意中抬头一瞥，仿佛心中的小秘密被窥见，脸红得如落日彩霞，害羞地冲我们点头、抿嘴，嘴角微微笑了笑，继续和叶医生闲聊。直至有其他病人进来，她才缓缓起身，依依不舍地打招呼离开。

我和小伙伴在乡卫生所的空阔地上疯跑打闹，累了，斜靠在粗壮的梧桐树下喘气、揩汗。叶医生看完一拨病人，轻抚梳理整齐的发型，出来透透风，双手上举伸懒腰，打个哈欠，半蹲在树下抽烟，仰着头，盯着树上叽叽喳喳的鸟儿发呆，悠闲地吐着一个个椭圆的烟圈。

我脑子一热，好奇地问："方老师找你看病，你跟她很熟吧？"叶医生歪着头，眯着眼睛眨了眨，咧着嘴，喷我一脸的烟雾，捏了捏我的脸，坏笑地说："屁大的小家伙打听这个干吗？很熟！你们方老师脾气好，长得漂亮，就是满嘴的牙没长好，大概跟你一样，从小嘴馋，糖吃多了。"说完哈哈大笑，摸了摸我的头，哼着流行歌曲，耸耸肩膀，像个骄傲的公鸡，抬头、背手，转身晃回乡卫生所。

我脸涨得通红，狠狠地瞪着他的背影，紧攥住拳头，恨不得冲上去揍他一拳，他把美丽的方老师贬低了。

方老师上的语文课，穿插些与内容相关的小故事，连调皮捣蛋的学生都竖起耳朵，眼神随着她的表情或激动或叹息。不像有的老师照本宣科念完教材，然后总结中心思想，归纳段落大意，誊上黑板，仿佛暴雨前急着赶回家收晒谷场上的稻子，匆忙交差。

某个学生思想开小差，望着窗外树林枝头上的鸟儿发呆，或低头撕纸、玩火柴片类的小动作，方老师会停止讲课，放下课本，教鞭杵在讲台上，目光像剑一样严肃地瞪着他。全班同学的目光聚焦过去，同桌捅他胳膊，这个同学顿时脸红得像胸前的红领巾，羞愧地低下头，坐正身子，认真听课。方老师这才继续上课。倘若再顽皮，下课会被请进办公室。

方老师教语文，兼教音乐。

我上学时农村还没办幼儿园，到了二年级她来，才第一次上音乐课。学校条件简陋，连普通的口琴、竹笛都没有，其他乐器更是没见过。课间休息，方老师在黑板前时而半蹲，时而站立，捏着粉笔，一笔一画地书写，不一会儿，黑板上写满娟秀工整的楷书歌词。她轻轻地走到窗前，伸出双手到窗外，拍拍手上的粉笔灰。教的第一首歌是《踏浪》，她清清嗓咙，教一句，同学们跟唱一句，教鞭在空中挥舞，配合手的动作，模拟音调起伏，歌声像山泉在教室里流淌跌宕。她穿着白色洁净的连衣裙，手握教鞭，微风轻吹，裙摆拂动，额头的刘海摇晃，仿佛一只白色的蝴蝶轻盈地站在讲台上。

同学们没有一丁点儿基础，稍难的唱句教了多遍，仍没学会。她要求严格，非要合唱出希望的节拍，却依然带着笑，清了清嗓子，一遍遍反复地教，甚至唱到喉咙沙哑。

她一边领唱，一边用手打着节拍。由于教得投入，她忘了也或许是顾不上掩嘴，参差不齐的牙齿露出却蛮好看，错落自然，像河道淘洗出的白色小石子，乌黑的马尾辫随身体的移动左右晃甩。歌声甜美悦耳，几十年过去，电视、广播上听见同样的歌曲，我都有些激动，脑子里禁不住浮现方老师教歌的情形。

方老师调走后，直到初中毕业，我都没有上过正经的音乐课，该课改成自习或干脆上其他主课。

初冬傍晚，余晖斜洒在教室外小树林的末梢，近一半的同学待在教室里，前几天，布置背诵的课文没背出来。

方老师坐在讲台上，托着腮，批改作业，等着学生一个一个过关。我像鳖一样趴在座位上，打开课本，书盖在头上，闭着眼，脑中想着课文，断断续续地背出来，可没勇气上讲台。她几次停止批改作业，放下笔，望了望窗外，揉揉脑门，又扫视了一下教室里的学生，和蔼地鼓励，伸出两根修长的手指：背出来就过关回家，允许错两次。我小声地背了几次，低头瞅了瞅打满补丁的旧衣裳，有些自卑，瞟了一眼方老师，她正用鼓励的眼神望着我。我挠挠头，鼓起勇气，慢慢挪到她身边，心紧张得怦怦直跳，仿佛要蹿出去似的，咽了口唾液，刚开了个头，就卡住了。我又慌又急，低着头，不停地在裤子上擦手心的汗，脑子一片空白，背过的课文不知道逃到什么角落，想不起来一字半句。她脸上没有一丝不耐烦，信任地望着我，轻轻地做了一个下压的手势，温和地说："不要紧张，不要紧张，再想想。"我放松了一点，抬头盯着教室陈旧的屋梁，脑子飞速旋转，课文的语句像散落在地上的弹珠慢慢地被捡找回来，磕磕巴巴地背完了。

她笑着说："胆子再大一点儿，别紧张，回去再多背几遍。"她快速地写下"已背过"。我如释重负地长舒了口气，回到座位，收拾书本，朝方老师瞥了一眼，她朝我点点头。在教室里其他同学羡慕的眼神中，我轻松地离开教室，一路上蹦蹦跳跳，哼着歌。夕阳洒在路边的村庄和田野上，劳累的村民牵着憨厚的水牛缓缓行走，草丛中翩翩起舞的彩色蝴蝶美丽可爱，家门口的小狗跑过来，不停地摇着尾巴在我脚边撒娇打滚，一切都是那么美好！

有一次，我午后去方老师办公室，送早上忘在家里的作业本。门虚掩着，我轻轻地敲，没反应。我从门缝里瞄了一眼，方老师独自待在办公室，趴在桌上，托着腮，肩膀抖动，不停地抽泣。我犹豫了一下，想掉头走，又想起是她叫我中午过来的，还是大胆地喊了声"报告"。她停止抽泣，用手帕揩了一下泪，咳嗽了几声，长长地叹了口气，轻声说："进来。"她转过身，努力挤出一丝笑容，眼睛红肿，脸上还有未揩掉的泪痕，抓住揉皱的信纸，接过作业本，拍了拍我的肩膀，点点头没有说话。我吓得不知如何是好，走出办公室，一遍遍地想着刚才的情景。

后来，我很少再见她去乡卫生所了。

她教到三年级结束，又从一年级任班主任。我上四年级时，班主任也是位女老师，姓徐。我和同村同班的辉在学校已是高年级学生，比村里一帮上学不久的小男孩高出半头，他们天天跟屁虫似的围在我和辉的身边。

初冬，放学，天气晴好，我和辉分成两派，斜挎书包，边跑边打闹，眼瞅着快到河道上的石板桥。突然低年级的刚激动地拽了我的衣服一下，努努嘴说："瞧，你们瞧，方老师的妹妹！"

方老师的父亲也是教师，妹妹刚上初中。远远见到方老师的妹妹正和一个女同学有说有笑地朝石板桥走来，辉突然歪着嘴，嘿嘿地坏笑，在我耳边小声咕哝："要不叫他们睡桥上，逗逗她！"我脑子一热，猛地搂过辉的头，狠狠地拍拍他的肩膀，大声喊："好，好！"我和辉一鼓动，低年级的男孩们仿佛接到一项光荣的任务，咧嘴呵呵地笑着冲过去，争抢着头枕书包，横躺在桥上，手腿展开。我和辉努力绷住笑，往前走，和方老师的妹妹迎面碰头，站在柳树下，扭头看事情如何发展。方老师的妹妹和女同学站在桥头愣住了，紧咬嘴唇，脸涨得通红，不停地摇头，小声近乎哀求地说着什么。桥面太窄，走中间可能踩到人，走旁边有掉下河的危险。她们仿佛被施了定身法，在桥头僵持了好一会儿，眼眶红红的，脸上带着泪痕，退回去，低头，顺着河道继续向前走，到二三里远的另一座石板桥，绕道回家。背影渐渐远去，恶作剧的成功让我们又蹦又跳，吹着单调重复的口哨，恣肆地哈哈大笑。

快到村口，我突然有隐隐的害怕和不安，心脏怦怦快跳，手心冒汗，喃喃自语："她们不会跟她姐姐方老师讲吧？"辉手一挥，仰着头，满不在乎地说："怕个屁？问下来，又不是我们挡的路。"

晚上做噩梦，方老师生气地抓着教鞭满教室追着抽打我和辉。第二天，我在学校有些忐忑，上课老走神，不知道老师讲的什么内容，见到方老师时不自觉地低下头，躲闪着她的目光。过了几天，一点儿动静也没有，心情才渐渐平静。

一个星期后，又在放学路上碰见方老师的妹妹，又如法炮制了一回。第二天上午，刚上完课，新班主任徐老师把我和辉叫到办公室，劈头盖脸一顿责骂，脸气得铁青，中午不让我俩回家，在学校反思写检查。办公室里只剩下我和辉，我们私下商量，硬抗到底，并且拉钩发誓，谁交代谁是"叛徒"。

徐老师吃饭回来，扫了一眼放在我们面前的信纸，依旧一片空白，一个字都没写。她眼里似乎能喷出火，气得手直抖，吼道："不写？叫你干了坏事，还不老实交代！"她气冲冲地出去，把参与的低年级学生一个个全揪进了办公室。

方老师也来了。

我和辉低着头，又饿又冷，害怕得直发抖，脑子里蹦出电影画面坏蛋被抓的场景，不敢看方老师的眼睛。徐老师激动地吼："明明晓得是方老师的妹妹，真有出息！这也能干出来？白教了你们几年，必须写检查，要写得深刻！"

方老师脸上没有往日的笑容，冷着脸，脸色惨白，眉毛皱在一起，咬着嘴唇，背着手，扫视了这群学生一眼，围着我和辉转了几圈，低头盯着我俩看了半天，似乎想从表情里找到答案，没有说话。她临走时站在门口停下来，扶着门框，回头又瞥了一眼，摇了摇头，叹了一口气，转身离开。

我的眼泪不争气地流到嘴里，咸咸的，身子吓得发颤，准备交代错误，辉的胳膊碰了我一下，向前迈的腿仿佛碰到一团火，痉挛似的缩了回来，终究没跨出。我和辉下午没上课，继续在办公室里写检查。我们饿了一下午，傍晚放学才回家，依旧没有写检查。

第二天照常上课，再没人提。放学路上，远远瞅见方老师的妹妹，我们像电视剧里被打服打怕的武林高手，低着头，靠边躲闪。辉躲得太夸张，踩滑到旁边的稻田里，我拽起他，匆忙快速跑过。

方老师的妹妹歪着头，斜着眼，望着我们狼狈逃跑的样子，得意地捂着嘴，忍不住笑。

四年级第二学期期末考试结束，我和辉到学校取成绩单。徐老师表情如往常一样平静，递过成绩单，叮嘱几句好好念书之类鼓励的话。我急迫地翻开成绩单，"语文"一栏用红笔写了一个大大醒目的"59"，数学成绩很好，综合评语是"留级"。我呆住了，不敢相信，揉了揉眼睛，仔细瞅了几遍，沮丧地摇摇头，鼻子发酸，泪水在眼眶里打转，没忍住，滴在成绩单上，洇湿了铜钱大一块。我拿衣袖揩掉，木木地站了好几分钟，斜瞄了辉的成绩单一眼，语文成绩"58"，综合评语也是"留级"。脑子里立刻想起我俩拒写检查的事，瞟了一眼辉，辉的眼眶红红的，不停地揉眼睛，嘴巴嗫嚅着，整个人都萎了下来，仿佛随时会瘫下去。瞅了瞅班主任，她手里捧着一本书，似乎看得入神。

我俩无奈地走出办公室，正碰见方老师。

她穿着一套干净整洁的白色长裤短褂，套着护袖，坐在小木板凳上，在校门口的槐树荫下择菜。我无比愤怒，再也喊不出"方老师"，真想冲上去质问她：做错事打骂也行啊，为啥突然给个留级？但想想有些理亏，只好低着头，漫无目的地往前踱。

　　方老师像往常一样，善意地望了望我俩，轻轻地拿手背掠了一下被风吹乱的头发，停止择菜，向我们招了招手，嘴巴动了动，估计想说什么，但还是什么都没说。

　　方老师和叶医生所谓的爱情故事，不知道什么原因没有结果，叶医生在镇上订了一门婚事。我留级那年，方老师全家搬走了。

　　花落了又开，雁飞去了又来，从那年以后，我再没见着方老师。

记忆中的鸬鹚

　　女儿看电视的时候，看见风景如画的河流中，一只小木船缓缓地在河道中划行，船的四个角上立着系了绳子的水鸟，她好奇地问我："爸爸，那是什么鸟，你以前见过吗？"我笑了笑说："见过，见过！在老家叫鱼鹰，学名叫鸬鹚，帮人在河里捕鱼的。"女儿似懂非懂地点点头。我的脑海中不禁浮现出这样一幅画面：一位高高壮壮十几岁的少年，手中拿着一根长长的竹篙，稳稳地站在小木船上；木船上的鸬鹚像一个个哨兵似的巡视着水面的动静，在河道中来回地穿梭——这少年便是我的小学同学平。

　　平是我小学同班同学，家里兄弟姊妹多，他在家是老幺。平个子比其他高年级同学都高，一般在学校里参加什么活动，都被委任为旗手。他性格倔强，但从不欺负同学。平上学和我同走一段很长的路，当时路上有个乡供销社职工的小孩，仗着家境宽裕，兜里有几个父母给的零花钱，身后有几个跟屁虫一样的学生，经常欺负单门独户、身材瘦弱的学生。我一般都和堂弟同行，我们不惹事，他们自然也不敢欺负我们，但是我和堂弟都对这帮人深恶痛绝！

一个初春午后的上学路上，我和堂弟背着书包边走边闲聊，突然看见拐弯处田边草坪上有好几个人在拉拉扯扯。我们连忙加快脚步赶了过去，原来那个父母是供销社职工外号"肖疤"的男孩正带着几个学生围着外号"竹竿"的瘦弱男孩，肆无忌惮地摸头、推搡，肖疤不依不饶地非要竹竿弓下身子给他当马骑。竹竿自知不是对手，但低着头，死活不肯就范。我和堂弟气得牙齿咬得咯嘣响，但对方人多，还是不敢上前制止。突然听见身后一声大吼："狗日的肖疤，你不就仗着你老子是供销社的，欺负我们做（种）田的，有种你给我骑一下试试？"肖疤吓得顿时松开了手，仔细一看就他一个人，便露出一脸的坏笑说："关你屁事！要不你给我骑一下，我赏给你一颗糖！"说着话，他挑衅地从口袋里掏出一颗糖得意地晃了一下。平再也不和肖疤啰唆，冲上去一把揪住肖疤，肖疤身边的几个学生围住平拉拉拽拽。我向堂弟使了一个眼色，连忙围了上去，嘴里说："别打架，别打架！"拼命地推开围住平的学生，平立刻腾出手，收拾肖疤，一下子把肖疤压在草地上，其他几个学生一看这架势，顿时吓得四散离去。平死死地摁住肖疤的头说："肖疤你给我听好了，今天必须给我下一个保证，往后还敢不敢欺负我们做（种）田的？"肖疤嘴里不干不净地骂着脏话，竹竿趁机朝肖疤的屁股上狠狠地踢了几脚，并帮着压住肖疤的两条腿。平看肖疤不服，突然一发火，掐住肖疤的脖子狠狠地把他的头往草地上撞，嘴里吼道："我叫你骂，我叫你骂！"肖疤最后坚持不住了，只好乖乖地求饶，我和堂弟、竹竿长长地出了一口恶气。肖疤那伙人后来收敛了好多，这件事被其他同学添油加醋地传开了，平顿时在很多同学眼里成了英雄的代名词。

但平念书成绩极差，每次考试在班级里都是倒数，上课经常罚站和被老师严厉批评。他经常在课堂上羞愧得低着头，勉勉强强小学毕业后就辍学了。农忙的时候，帮着家人干活；农闲的时候，跟着父亲和几个哥哥学习放鱼鹰捕鱼。因为平的一个姐姐嫁到我们村，有时能在村口遇见，平只是憨厚地笑笑，打个招呼。

初三下学期，我被繁重的作业和紧张的学习氛围"折磨"得筋疲力尽，喜欢放学后一个人拿着本书到河堤上低着头边走边背。一天突然听见有人喊我的名字，环顾四周，没有人啊！仔细向四周找寻，原来是平在河道中央的小船上正朝我咧着嘴笑呢！他稳稳地站在小船上，像一个熟练的渔夫，自如地用竹篙在河道中划行。我赶忙叫他把小船划到岸边。平问我念书怎么样，我说还好，平的眼神中露出羡慕的表情，好像我已经是一个有些成就的读书人。我扔下书，小心翼翼地爬上小船，整个船身颤了一下，我赶紧蹲下身来，平呵呵地笑着说不要怕。他手把手地教我如何赶鱼鹰下水，并让我亲手从鱼鹰的嘴里把鱼抠出来放到竹篓子里，和他一起体验了一回捕鱼的快乐！玩得兴起，我拿起竹篙模仿平的姿势划起来，小船却不听使唤地在河中打着旋，不远处另一条小船上是平的父亲，蹲在船上抽着烟，善意地笑着看我蹩脚的表现。我顿时忘记了升学考试的压力和繁重的作业，心情愉悦地和平在小船上有说有笑。

后来我考到外地上学，毕业后到城市上班，回老家的次数也少了。有一次在村口看见平，他又黑又瘦，穿着一身明显过时的衣服，寒暄了几句，他从口袋里掏出一包有些皱的劣质香烟，有些不好意思地递给我一根。我笑着说不会，问了问他的近况。他狠狠地抽了一口，摇摇头，长长地叹了一口气说："唉，我大大（父亲）去年死了，几个哥哥结婚把家底子都搞光了，现在难混啊！"我说："你家的鱼鹰还在吗？"平说："别讲了，鱼本身就少，现在农药还打得多！好多人还用电瓶打鱼，把野塘、河道里的鱼子鱼孙都打绝种了！鱼鹰早卖了，现在跟人四处做小工！"说完，他说有事转身离去了。

又过了几年回老家，突然听母亲说平死了。我大吃一惊，母亲说："他家条件差，结婚的时候女方蹲着胯子拼命地要这样要那样。结婚后欠了一屁股债，他老婆一天到晚骂他烂脓、没用、现世，说嫁给他是倒了八辈子霉！'双抢'的时候，小平家来了很多亲戚帮忙，午饭前当着那么多人的面，他老婆劈头盖脸一顿骂！小平气得转身关了房门，喝了农药，等家里人发现不对劲儿，撬开房门，送到医院已经迟了。可怜小平他七十多岁的老娘有几次在棺材前哭晕过去！他老婆改嫁了，听说嫁给了一个杀猪的，脾气躁得很，动不动就打她！她经常说小平虽然没什么本事，但对她还蛮好，从不动她一根手指头，都是自己作的孽！"我一边听母亲说，心中掀起一阵阵波澜，和平在一起的很多往事顿时涌到眼前。

虽然平已经永远地走了，但他小学时不管不顾地制伏肖疤，以及上初中时在河道上教我划船、捕鱼的情景，连同他那憨厚的笑容、高高的个子永远留在我的记忆深处。

放 水

我小时候，除了手艺人农闲时做点杂活补贴家用，大部分农民没有私心杂念，一辈子在田间地头精心地侍弄庄稼。故乡在丘陵地带，夏末秋初容易发生干旱，村民之间因为珍贵的水经常发生争执，有的为此打得头破血流，甚至闹出人命的事也时有耳闻。

我中专三年级的暑假，连着二十几天没有下一滴雨，白天抬头看见的都是毒辣辣的太阳，眼巴巴期盼的乌云不知躲到什么地方去了，看不到一丝踪影。村里的河道早已干涸，但上游水库里还有不少存水。大队开会研究决定，让每一个村庄轮流放一天一夜水，其他村庄不准截留。父母和哥哥在家忙着"双抢"，我想自己快二十岁了，干农活不行，像放水这样不大需要体力的活儿还是能干的，也能减轻他们的辛苦，反正每家每户都要出一个人。放水的人大部分是妇女或是像我这样二半大甚至更小的男孩，气得老队长在集合队伍后，没好气地摇摇头说："怎么来的尽是些老弱病残的！打架都搞不过人家，唉！"我满脑子不服气，嘴噘得老高，心中嘀咕："你也不能一棍子都打死吧，虽然我没有干过什么农活，但放水还是绰绰有余，怎么就成老弱病残了？真是门缝里瞧人——把人看扁了。"

我们吃饭都是轮流到附近村庄上的亲戚家里。白天的时间好打发，在河道边的树荫下聊聊天或者看看带来的小说，河堤上空阔，不时有阵阵微风吹过，让人感觉一丝凉爽。周围田野里忙着干农活的村民被烈日烤得汗流浃背，繁重的体力活让每个人的脸上都写满了疲惫。我似乎看见几里外的稻田里家人忙碌的影子，顿时心生愧疚，心想这么多年仗着在家最小，一干农活就撒娇找各种各样的借口。凭着父母的疼爱和哥哥姐姐的呵护，自己在田地里实实在在干农活的时间屈指可数。我和两个堂弟守着相邻的河道，像是守着全村人秋收的希望，不敢有半点儿马虎和松懈。我们每半个小时左右沿着河道仔仔细细地检查一次，不放过任何一个可疑的沟渠，有时不放心，便蹲下身子扒开杂草，确认没有漏泄才罢休。河道周围的村庄，看我们村这么多人，白天根本不敢下手。

最难挨的是晚上，满天的星星像珍珠一样镶嵌在天空中，单调聒噪的蛙声吵得人心烦，我和两个堂弟白天把聊天的话题都说完了，晚上天黑又没办法看书。最可恨的是蚊子，像躲在黑暗中的刺客，不时向我们袭来，刚打死了胳膊上的一只，腿上又被狠狠地咬了一口。但我们丝毫不敢大意，依旧轮流巡逻，生怕这珍贵的水在我们的"防区"被偷走。大堂弟突然说想瞧瞧水的阵地上是不是有"逃兵"，他带着手电筒顺着河堤走了两三里路，回来气愤地说："好多地方都看不到个鬼影子，大概都躲到附近的亲戚家偷懒睡觉去了。就剩下我们这些老实巴交的人在大堤上喂蚊子，太不像话了！"说完后，嘴里骂了几句咒人的话。

深夜，我们都困得直打哈欠。突然大堂弟既紧张又有些兴奋地小声说发现了"敌情"。我揉了揉眼睛，顺着大堂弟指的方向看过去：有个人影一会儿蹲在不远处的田边用手摸什么东西，一会儿用手电筒在水沟里照什么东西。我们顿时来了精神，仿佛要去完成特别重大的使命一样，小声地商量着，我要小堂弟坚守"阵地"，自己和大堂弟去侦察一下"敌情"。我们蹑手蹑脚地跟了过去，生怕惊动他，仔细一看，原来是个捉黄鳝的，正在检查黄鳝笼子的收获情况。虚惊了一场，困意却像传染一样，我们都不停地打着哈欠，眼睛倦得睁不开。我建议轮流睡一会儿，但蚊子依旧不停地骚扰。最后小堂弟想了个办法，从田里拿来晒干的稻草把全身盖得严严实实，只露出嘴巴和鼻孔呼吸，蚊子下手的机会少了，这样很快便进入梦乡。睡梦中我看见白花花的水流进我家干得发白的田里，被晒得病快快的秧苗像沙漠里干渴难耐的旅人，突然喝到清澈甘甜的泉水顿时振奋和精神起来。父亲愁眉不展的面庞上露出了久违的笑容，一个劲儿地夸我懂事，能帮他分担一些忧愁了。正在我梦中得意时，堂弟不停地在耳边呼唤，原来轮到我巡逻了。我伸了伸懒腰，揉了揉眼睛，慢慢地站起来，来来回回走了几圈活动活动筋骨，扛上铁锹摇摇晃晃地去巡逻，终于熬到天亮了。

我们饿着肚子扛着铁锹沿着河堤往回走，看着河道里蓄了不少水，高兴得像凯旋来的战士。走到村口，发现老队长家的女婿已经开始往自己的水田里放水了，我和堂弟顿时气得脸通红（因为开会说好，等大家全部回来后，从距离河道最远的田由远及近放水）！我不知哪里来的勇气，当面就指责正在他女婿田里插秧的老队长，话说得决绝难听，越说越激动，后来干脆变成了斥责甚至怒骂了。在我们村里干了几十年的老队长脸气得铁青，恶狠狠地盯着我们三个人看了一会儿，牙齿咬得咯咯响，最后还是一声不吭地从田里火燎屁股似的上来往家走。他女婿赶紧赔着笑脸，关了河道里往自家田中放水的闸门。

我气呼呼地走回家，匆匆吃过早饭，倒头便睡。一觉醒来已快到中午了。母亲正在后门口择菜，盯着我的眼睛问："早上听港（说）你把老队长骂了，真有这么回事？"我理直气壮地说："他该骂，谁叫他港一套做一套，好处都让他自己嗑

（家）占，我不骂他，难道还要给他磕头烧香？"母亲严肃地说："那你也不能大白天站在田埂上破口大骂啊！你知道村子里的人怎么港吗？都港看你平常文文静静像个读书人，原来书都念到屁眼里去了！骂起人来和泼妇骂街没有区别。连刚会走路的小孩都懂，对长辈最起码的尊重你都不晓得？"我涨红了脸说："你们都怕他，我可不买他的账！"母亲语重心长地说："不是怕不怕的事，你有话不能好好港啊？本来你有理，现在好了，村里绝大部分人都在数落你，你也快二十的人了，做什么事，也要经过脑子想想！都怪我和你大大（父亲）从小把你惯坏的了，唉！"说完母亲长叹了一声，摇了摇头，拿着要洗的菜和米去池塘边，剩下我一个人呆呆地坐在小板凳上，早上发生的一幕幕像电影一样在脑子里反复地回放、跳跃。我使劲地咬着嘴唇，母亲的话语在我耳边反复回荡，想想自己粗鲁的态度和骂街似的言语，顿生后悔，从那一刻起，我突然觉得自己长大了，不能再像过去那样任性。

时间像河道里的水悄悄地流逝了二十几年，我一个毛头小子也已经历了生活中的风风雨雨，每当我冲动地想发脾气甚至怒骂时，那一次放水时老队长生气的样子和母亲告诫的话语就在眼前闪过，我会努力地克制着自己，耐着性子从容地面对，理智地对待眼前的人和事。

狗中君子

　　我以前住的平房偏僻，在城市被遗忘的角落里。前面有一大片空地，后面围了一个篱笆院墙，院墙外杂草丛生，养了几只鸡。朋友平送来了一条狗，说平房拆迁，没地方养，暂放在我家寄养一段时间。

　　这是一条灰褐色的狗，名字叫豆豆，平说这狗温驯不咬人，我欣然接受，把狗窝也放在后院，与鸡窝为邻。豆豆很快便和几只鸡熟识了，给它吃的剩饭，几只鸡跑过来啄食，它也没有驱逐，很友好地与它们共餐。平时从来听不见豆豆汪汪叫，它见了我们也不像其他狗一样摇头摆尾，作讨好状，只是静静地看着我们。妻子开玩笑说，这条狗大概是哑巴加脑残。我笑笑说，这狗有君子风范。

　　每天下午我家鸡群到屋前觅食，豆豆便跟过来。原先邻居家的鸡群过来后，他家那两条矮墩墩的小草狗也跑过来凑热闹，看见我和妻子不在，便"汪汪"叫着驱赶我家的几只鸡。现在看见这只比它们大好几倍的狗，刚开始试探性地跑到豆豆跟前叫几声，然后赶紧往家跑，但看见豆豆没有追过来，也没有"汪汪"叫个不停，便停住，示威似的不停地叫唤。几个来回过后，邻居家的小草狗有些肆无忌惮了，公然在我家门口驱赶我家的母鸡。豆豆指挥着我家的鸡全部往院子里走，自己殿后。两只小草狗看见我家的鸡和狗都走了，想乘胜追击，彻底把我的鸡和狗都赶走。它们一边得意地叫着，一边冲过来。眼看就要追上豆豆了，豆豆突然停住，一个急转身，拦住小草狗的去路，瞪眼望着它俩，一副大义凛然要决斗的架势。小草狗顿时吓得夹着尾巴，低着头，转身仓皇逃走，慌不择路，撞到篱笆墙上摔了个跟头，跑到自己家门口还逞能似的"汪汪"叫了几声，但后来再也不敢独自跑到我家门口赶我家的鸡了。

过了几天，隔壁邻居说，鸡笼里被黄鼠狼叼走了几只鸡，要我提高警惕。我说，你家不是有狗吗？邻居笑笑说："它们只是装个架势吓吓人，黄鼠狼来了，它们倘若跑得不快，恐怕也被咬了吧！"之后不久的一个深夜，我在睡梦中被妻子推醒，只听见院子里的鸡"唧唧呱呱"直叫，接着是鸡扑通扑通的挣扎声以及豆豆难得的叫声。我和妻子赶紧套好衣裳，拿着电筒和长棍，慌慌张张地跑到院子里。那夜的月色很好，只见一只比家猫大、浑身通黄的黄鼠狼突然冲向鸡群，豆豆拼死护住鸡群，和黄鼠狼撕咬在一起，一连翻滚了几个跟头。黄鼠狼看见我们冲了过来，迅速地跳过院墙跑了。我检查了一下鸡笼里的鸡完好无损，正暗自庆幸，突然听到妻子一声惊叫，用手电筒照着豆豆给我看，只见豆豆脖颈上被黄鼠狼咬掉了一块肉，依然安静地躺在那儿，肯定是它与黄鼠狼拼命地进行搏斗，才得以让几只鸡平安无事。后来的几个月，隔壁家偶尔还有黄鼠狼光顾，我家再也没有看见过。妻子忍不住夸奖说：“想不到这孬子狗，关键时候还真管事！”我自豪地说这是一只君子狗。

没过多久，我搬到楼房里去住，豆豆还给原主人平。几个月过后，天气有些清冷，傍晚散步，看见平牵着一条哈巴狗，还给狗的脖颈上挂了个铃铛，穿个夹袄。哈巴狗看见主人和我们打招呼，立刻摇头摆尾，讨好似的往我们脚边凑。妻子连忙问豆豆呢，平笑笑说：“你是说那条狗，我已经卖给饭店了。那狗也是我一个出国朋友临走时送给我的，它既不叫，也不和我们亲近，和别的小狗一比，简直一无是处，我还要它干吗！只是牵着它交给饭店老板的一刹那，它似乎明白了什么，还回头眷恋地看了我一眼，那一刻我有些心软，毕竟养了一段时间还是有感情的。”我和妻子都沉默不语。

回来的路上，我想起了豆豆待在我家的几件事，心中不禁感慨万千：豆豆忠于职守，危险的时刻勇于担当，不像一般狗只会装腔作势、狗仗人势。豆豆有狗中君子的风范，仅仅因为不会在主人面前摇头摆尾、扭捏作态来讨好，竟遭来被抛弃的命运！

故园影像四叠

供销社

村庄依山头而建，远远望去，房子像大大小小的火柴盒，高低起伏。一条坑洼的柏油马路穿过，乡政府、邮局、供销社、电影院，依次而立，这条街是旧时乡里最繁华的地方。我小时候物资匮乏，日常生活用品都要去供销社购买。

供销社左右前门正对马路，有点儿像房子的眼眶；两个后门，与职工宿舍围成环形封闭院子，紧邻邮局的大门边。木质的长条柜台上摆着日用品，烟、酒、糖、醋、酱油，还有煤油、肥皂、火柴、酱瓜等。白酒、酱油、醋分装在大铁桶内，墙上钉着一排小铁钩，挂着一两、二两、五两的铁戽。瓶装白酒很少有人光顾，只有经济好的贵客才买。散装白酒是县酒厂的"八毛烧"，山芋干子酿的。

那时安徽乡村常停电，煤油家家不可少，蜡烛太贵，费钱，很少买。红糖、白糖拿木杆带托盘的秤称好，抓张晒干的荷叶包裹，细麻线扎好。味道迥异的开胃酱菜也是农忙或有钱人家才会买。

我喜欢在柜台边转，眼巴巴地盯着别人吃着甜脆的麻饼和甩了的糖纸，忍不住低头捡起糖纸捏在手心，藏到无人的角落，偷偷地猛嗅香甜的味道，不停地咽口水，咂巴着嘴，肚子里空荡荡的。抬头望着洁白的云朵自由飘荡，想象着柜台里花花绿绿的糖纸包裹的糖果，揣进口袋，一颗颗剥开，尽情地放在嘴里吮吸。回家，小尾巴似的黏在母亲身后，像个蚊子似的不停地小声哼着要钱买糖。母亲忙着做家务，被缠得无奈，双手一摊，皱着眉头，嘴里嘀咕："小家伙，要懂事，供你念书买纸笔，已很不容易，哪里还有钱买糖？"

另一个大门边的柜台是卖布匹及针头线脑的，妇女及爱美的女孩愿意驻足停留，左看右挑。我平常穿的都是哥哥的旧衣裳、镇上有钱人家穿剩下的，明显不协调，打着补丁，甚至露着小窟窿。只有过年才会买来颜色单调、价格便宜的布头，请裁缝做套新衣裳，走亲戚或喝喜酒时穿。

卖布的营业员，似乎天生对颜色和尺寸敏感，顾客报出所需，她迅速在堆放如小山的布匹中找到合适的，在木柜台上制划尺寸标，量好。色笔轻画，折叠平整，剪出口子，猛地一撕，动作潇洒，声音清脆。响声如清澈的山泉在铺满鹅卵石的溪水中跳动，流淌在我记忆深处好多年。

中间是长长的走廊，两边是柜台，形成"工"字形。一边是水瓶、碗筷、毛巾等日用品，对面是学习用品；玻璃台面抹得干净透明，内侧木架上整齐地摆满货物。

除了买铅笔、橡皮、本子外，小人书是我最喜欢的，有《哪吒闹海》《敌后武工队》《地道战》等。偶尔从奶奶、伯父那里要来零钱，除了买糖解馋，其余的都攒起来兴冲冲地去挑小人书，喜滋滋地看完，再和小朋友换着读，没有小人书的要拿糖或画片哄着求。囫囵吞枣，在上学、放学路上，添油加醋地说给同行的伙伴们听，手舞足蹈配上夸张的表情和动作。平常寡言少语的我，此时却非常健谈，在伙伴们羡慕和敬佩的表情中感受到一点点所谓的尊严。

四年级，班上有的同学买了钢笔，放在文具盒里显摆。我在母亲身边磨了好多天，哭过，闹过，终于在她接摘茶工钱时，手蘸吐沫，数了几遍，给了我三毛六分钱，买了一支黑色的中华牌钢笔。

我小心翼翼地使用，但碳素墨水杂质多，笔管堵住，找来破了瓷的旧脸盆，舀满清水，仔细清洗。笔头开裂，刮纸，跑去修鞋修笔处，换掉笔头继续使用，一直用到初中，坏到实在不能写字也无法修理，然后放置在抽屉里，沾满灰尘。很多年它安静地躺在那里，默默诉说着我上学时代的一个缩影。

电视剧《聊斋》流行，晚上四处找有电视的人家，趴在窗口，睁大眼睛瞅。演到恐怖夸张的鬼怪在荒山野岭出行，伴随着紧张刺激让人毛骨悚然的音乐，想看，又害怕看，矛盾的心情纠结着。回家路上，风吹树影晃动，或是淘气的猫突然从树上蹿下，直吓得心怦怦地跳。联想到电视里的惊悚场面，怀疑哪个鬼狐在暗中活动，紧捏双手，撒开腿，埋头拼命往家跑，隐隐地感觉后面有脚步声，吓得头上和手心直冒汗。于是对《聊斋》越发好奇，暗暗下定决心买本《聊斋志异》来看看，从牙缝里挤出零散买糖的钱，结攒半年多，去供销社买了本古文版的《聊斋志异》，连蒙带猜，明白了个大概意思。

这么多年，我对古文一直有浓厚的兴趣，"聊斋"应该是最早的启蒙书了。

后门连接职工宿舍，中间空地有个方正的篮球场，很少见人打球。职工的小孩和我在同一所学校念书，周末聚集打弹珠、拍画片。供销社的双职工负担轻，条件好，小孩穿得敞亮；单职工倘若有老人需要赡养，再有病号，手头就拮据。职工买了电视机，我和小伙伴晚上跑到窗下，蹭看武打的电视剧，倘若这户心情不好，虎着脸，拉上窗帘，只好悻悻地边骂边往回走。

体制转型，商店、超市如雨后蔓延的春笋，各个大队都有了。供销社生意变得惨淡，发工资都困难，职工也只有自谋出路。承包店面的、开饭店的、偷放录像的，甚至跑到大城市打工的，常为针尖大的事，同事吵，夫妻吵，甚至动手打架。围观的人群议论，有的长叹，揶揄说好日子过惯了，该吃点儿苦头了。

供销社主任姓王，是个魁梧的中年男人，退伍转业军人。他四方脸，短脖子，一双鹰眼，浓密的钉子眉、八字胡，看人恶狠狠的；不管风衣还是大衣都喜欢披在肩膀上，皮鞋擦得锃亮反光，上班常背着双手在各个柜台溜达、检查。

闲暇时，王主任找乡政府棋艺高超的退休干事下象棋切磋，秋冬季节扛着把崭新的猎枪到农村的树林和竹林里打鸟。因手中掌管分配供销社物资的权利，所到之处，拍马屁讨好的人觍着脸，赔着笑，小心地跟着他，帮忙捡鸟；热情地拽回家吃饭，烟酒侍奉，满嘴说着恭维的话语。傍晚，他斜扛着猎枪，拎着装了几只死鸟的网兜，满脸红光，嘴里喷着浓烈的酒气，歪叼香烟，迷离着眼睛，摇摇晃晃地往供销社宿舍走去。

供销社解体，王主任和老婆开了一个百货店，由于经营不善，生意每况愈下，最要紧的是心理落差太大——再也没有在人群中众星捧月的感觉了。王主任没心思下棋，渐渐染上了赌博，开始小赌，最后越赌越大，输光了积蓄，脾气越发暴躁。店也无心经营，常和老婆吵嘴动手，惊得四邻不安，闹得沸沸扬扬，鸡飞狗跳，最后吵到乡政府要离婚。经过亲朋好友的耐心规劝，勉强重归于好。王主任迅速衰老，病恹恹的，胡子也懒得刮，眼袋下垂，头发白了一大半，整天低垂着头，消瘦得像张薄薄的纸，似乎被抽走了主心骨。乡里待不下去了，他们变卖家产，到上海谋生：妻子做钟点工，他在小区干保安，小孩初中毕业后也在工厂打工。这一家子如飞走的鸿雁，再也没有回来。

供销社有对双职工，承包了个门面，卖些服装、小家电什么的，日子过得还算不错。大儿子初中毕业，学了无线电，开个修理部，在乡里也算很少的行当。修电视机、收音机，后来的洗衣机、冰箱都修，说话温和，见人乐呵呵的，善于沟通交流，与乡里三教九流混得很熟。小儿子俊皮肤略黑，长得清瘦，戴着一副近视眼镜，安静，话少，比我略大，从小喜欢吹笛子和箫。傍晚，他常站在河堤边，吹起悦耳的笛子或苍凉的箫，乐声在空阔的田野荡漾，传得很远，周边的村庄都隐约听见。村人捧着饭碗，在晒谷场上边划饭，边笑着议论这个悠扬的乐声真像那么回事。

学校搞文艺表演，他不怯场，目光清澈，从容淡定，站在台上，吹得自由放松，有模有样。见他兴趣浓厚，父母带他拜访县里数得出来的名师。歌舞团、戏班来乡电影院演出，他便找机会拜访团里的师傅，和团里吹笛子或吹箫的来个互动节目，赢得满堂喝彩。父母节衣缩食，咬着牙送他去音乐学校培训考试，上了大学，毕业后考进知名乐团，在大城市生活，像飞出巢穴的鸟儿，很少回这个故乡的小镇。

他哥哥有次和我们村的好友在一起喝酒，喝得脸上的肌肉放松，话语渐多，朋友打着酒嗝，竖起大拇指夸他弟弟如何优秀。他哥哥放下手中的酒杯，苦笑着摇头说，弟弟在小镇上算个人物，淹没到全国精英如潮水汹涌聚集的大城市，就是一滴普通的水。竞争压力大，高手众多，微弱的光芒被乐团掩盖。

供销社的房子早已拆掉重建，职工随着滚滚向前的时代洪流冲刷，变得老态龙钟或已故去，子女像泼出去的水一样，各自散开，各谋生计。

而我，仍然记着故园供销社不远的旧时岁月，虽然它的影像渐渐模糊。

以粮为纲

旧时的乡下，粮站是让人敬畏的神圣地方，人的生命延续繁衍都依赖粮食。

同学萍，发育早，才上小学五年级，已经出落得像个大姑娘。她念书稀松平常，长相普通，但穿得鲜艳，时髦新潮；

五官周正，个子高挑、圆脸。因为父母都是粮站正式工，她口袋里常装有零食和几张分票，一帮嘴馋的女生像蜜蜂似的嗡嗡地围着她转。男同学们嫉妒却吃不到，私下给她起了个绰号“好吃婆”。

我性格木讷、自卑，穿着破旧褴褛的衣裳，平常很少和女同学说话。我和萍上小学同路好长一段，偶尔见她在前面独自走，故意放慢脚步，我不想离得太近，但愿意远远地盯着她，仿佛有个伴儿温暖着蹦跳的心，前行的路上不再孤单。我学习成绩一直很好，话少，安静。

小学快毕业时，一次上学路上，萍在后面大声叫我，笑嘻嘻地强塞了两个糖果给我。我摆摆手，结结巴巴地说不要。她噘着嘴，瞪大眼睛，扔下糖，生气地跺脚走开。我只好默默地捡起糖，尴尬地跟在她身后，声音如蚊子哼：“谢谢。”她回头捂住想笑的嘴，快速地跑了，丢下一串灿烂清脆的笑声，剩下我独自在路上浮想联翩很久，忍不住自己也傻呵呵地乐。上了初中，我们同届不同班，不同路，没有再说过话。

每年夏秋是粮站一年最忙碌的季节。天刚蒙蒙亮，交公粮的板车队伍就从各条坑坑洼洼的小路四面八方地赶来，像无数溪流汇聚到乡镇的粮站。一辆接一辆，从粮站延伸到两边的下坡，近一公里，浩浩荡荡像条长龙。这段时间，我家来客最频繁。偏远的亲戚起早拖着板车赶来排队，中午做客，当天若交不掉，晚上还得在我家吃饭借宿。

负责检粮的是萍的父亲，姓汤，绰号"糖鸡屎"。他长得敦实，像堵墙，挺着大肚子，浓密的一字眉，眨巴着眼，暗红的酒糟鼻子，厚嘴唇，皮肤晒得黝黑中夹着微红，满脸胖嘟嘟的横肉，从早到晚站在地秤边。交粮的好不容易排到门口，"糖鸡屎"像铁面包公，面无表情，左手抓住木托盘，右手握根铁钎子，扎进麻袋他认为必要的位置，抽出成排的稻子，放进托盘，捏捏稻粒的饱满度，瞧瞧有没有风干净的稻穗和瘪谷。一颗颗稻子认真地放在嘴边磕，仿佛在细细品味佳肴，他沉浸在自己的世界中，眼里没有人，只有稻子。他呆呆地望着石灰水刷得灰白的天花板，判断潮干。倘若不达标，就皱着眉头，吐出稻粒，手一挥，仿佛吃了一个让他恶心的东西，挥挥手，不耐烦地吼："不干"或"太糟"，任凭卖稻的如何求情，再没别的话，只喊："下一个！"稻主只好摇摇头，自认倒霉，拖着板车去粮站后面偌大的晒谷场上晒，或找风车把稻谷反复地吹干净，边干边小声嘀咕，把"糖鸡屎"祖宗八代骂了一遍，望见粮站的其他工作人员，赶紧低下头，不再作声，怕传到"糖鸡屎"的耳朵里，明天刁难，依旧交不掉。

父亲常被叫去粮站装粮扛包，干些粗重活，挣个辛苦钱，从不偷懒耍滑。我家上交的粮食，晒得干，风得净，都一次性通过。"糖鸡屎"平常站在粮站门口，背着手，四处晃悠。人少空闲的时候，见了我父亲，主动过来打招呼，递上一根过滤嘴香烟，边抽边闲聊几句，感叹："老三（父亲的排行）干事实在！"

秋后，下午，天气依旧燥热，母亲拿红糖炒米开水打几个荷包蛋，装在掉了瓷片的搪瓷缸里，叫我送到粮站，给扛包的父亲吃个点心，垫垫肚子。我赤着脚，踩在晒得发烫、散发阵阵热浪的柏油马路上，兜里装着炒熟的糯米，戴着顶破草帽，边走边嚼口袋里香喷喷的炒米。

走到粮仓口，看门的是位精瘦佝偻的老人，戴着一副厚厚的老花眼镜，白色的头发稀疏硬直，腿有点儿瘸。他放下手中的报纸，凶巴巴地伸长脖子，盯着我吼道："小家伙，站住！干什么？里面是粮库！"我嗫嚅着小声说明缘由。他打开搪瓷缸盖看看，又要我把几个口袋翻翻，才挥手让进去。

后来，听村里老人说，他年轻时强壮、机灵，但是脾气急躁，眼里容不得沙子。曾参加过当地新四军民兵组织，对无恶不作的日本鬼子恨之入骨。当时日本兵分散驻扎在各个集镇，他和另一位民兵装成贩卖茶叶的小商人，抓住他们想私吞新鲜上等茶叶的贪念，把其中的一个日本兵引到偏僻处。在配合日本兵低头检查茶叶成色时，他瞅准机会，把准备好的厚麻袋套在日本兵头上，另一个民兵迅速拽下枪，抓住日本兵的两条腿塞进麻袋，扎紧袋口，背在肩上，撒开脚丫拼命奔跑。进入荒山野岭，把日本兵乱棍打死，边打边骂，总算长长地出了心口的一股恶气，然后用石头沉到河道。日本兵无故失踪，驻扎在县城的日本人勃然大怒，四处寻找，最后尸体被发现。日本兵报复性地抓了很多人，其中也有他，被严刑拷打，没有叛变，却被打得精神异常，一条腿打瘸了。

他回到老家，头脑清醒时主动退掉了订过婚的未婚妻——怕自己连累她，耽误终身大事。新中国成立，政府照顾，安排他在粮站上班，分配了一间房子。他在看门这个岗位上兢兢业业，从未有过闪失，一辈子没成家。

两边墙壁上刷了醒目的印刷体红字"粮库重地""防潮防火"，穿过空阔的晒谷场，到了父亲扛包的粮仓。高高深深的房间是稻子的世界，除了白墙和高耸的屋顶，黄灿灿的稻谷堆积如山。站在包裹着厚厚铁皮的木门口，淡淡的泥灰和稻子的干硬散发出的燥热气浪扑冲喉咙。我猛地咳嗽了好几声，热气像海水从四面八方汹涌挤压，让我浑身冒汗，有点儿眩晕，站立不住。我赶紧退出来，站在旁边的大棚阴凉地，抬头深深地吸一口气，用衣袖擦了擦额头上的汗。粮仓内两根十几米长的窄木跳板，斜伸屋顶。父亲和其他扛包的肩扛一百多斤重的麻袋，弯着腰，像个佝偻的大虾，沿着跳板，艰难缓慢地往上攀，站到顶端，扯开袋口，倒掉稻子，从另一条跳板走下来，这样循环往复。我望着父亲步履艰难的样子，心悬吊在半空中，手心捏着汗，怕他有个闪失，只得赶紧低下头，不忍看。

父亲望见我，缓缓走出来，屁股坐在阴凉地，抽出塞在腰间的毛巾擦擦汗，掀起衣角扇扇风。他长舒口气，缓缓劲，大口吃着喝着搪瓷缸里的点心和糖水，享受着这难得的片刻悠闲。

"糖鸡屎"和我们村的一位远房堂叔关系处得不错，常待在一起喝酒聊天。亲戚怕粮食过不了关，特地叫堂叔提前跟"糖鸡屎"打招呼，希望抬抬手，睁只眼闭只眼放过去，但还是被扣了下来，晒了一整天，第二天才交掉。堂叔气得脸色铁青，把"糖鸡屎"骂得狗屁不是，恨自己瞎了眼。在大街上迎面撞见，堂叔侧过脸、仰着头，不理他。"糖鸡屎"赶紧快步跑过来，拽住堂叔，拉到僻静的地方，赔着笑脸，不停地拍手叫屈，小声解释："兄弟，你是打招呼了，可总得差不多吧？稻子是战备粮，不干会发芽发热。要是有个闪失，查出来，我吃不了兜着走！别认为这个活好干，我是一辈子小心谨慎。走，走，干酒去！"堂叔被他驳得没话说，摇摇头，关系又恢复了往常。

考上中专那年，粮食收购已渐渐放开，但为了转户口，父母拉了一板车稻子去粮站，帮我转换粮油关系。"糖鸡屎"

手里夹根点着的烟，递给我父亲一根，羡慕地望着我父母，咧嘴露出烟熏的黄牙，说："老三夫妻俩，有福哟，养个儿子争气，考了个铁饭碗！"他特意慢慢地踱到我旁边，轻轻地拍了拍我的肩膀，眨巴着眼睛，柔声细语地说："听港和我姑娘同学，从没见你到家玩嘛！"

我呆站在原地，嘴巴张了张，不知道说什么话合适，不知所措地傻笑。

面坊

旧时整个乡只有一家正规面坊，是我未出五服的堂叔开的。堂叔手艺精湛，对来客态度和蔼，说话低声细语，做的面条柔韧白净，粗细均匀，口感爽滑。

面坊是长条形的三间瓦房，弯如曲尺，门口伸出一个石棉瓦搭建的凉棚，摆两条长凳和几个矮竹椅，供来客歇脚聊天。大门正对乡镇街道，只要不下雨落雪，换麦子的、买面条的，进进出出，人来人往，很是热闹；后门朝着村晒谷场，方便晾晒麦子、面条。

堂叔好客，开面坊手头宽裕，活钱多。亲戚朋友来乡里办事、买东西，路过面坊，他就热情地打招呼，邀去家里做客，桌上总要弄几个像样的下酒菜，递上过滤嘴香烟，吞云吐雾，推杯换盏间喝得舌头打曲。我父亲为人老实，和堂叔关系处得融洽，两家距离近，常被亲切地喊作陪喝酒。堂婶从小家境贫苦，姊妹多，为了活命，被父母抛弃，别人领养，缺少亲情温暖，在白眼歧视中长大。堂婶性格憨厚，见人都面带笑容，话少，卑微，烧一手好菜，来客时却很少坐上桌子吃饭，客人吃得差不多了，端碗饭，夹一些剩菜坐在厨房锅灶旁的矮凳上吃。

堂叔念过几年私塾，认得不少字。怎奈少年丧父，家境变得困顿，只好和姐姐随母亲改嫁同村一个脾气暴躁的光棍，像个让人嫌弃的拖油瓶。生养了个异姓弟弟后，堂叔更不受继父待见。经济条件本就不宽裕，饱一餐饥一顿是常有的事。

堂叔十几岁的年纪，面黄肌瘦，整个人像一张被挤压成的薄面饼，高高的个子像细长的电线杆，整天被继父指派干活，忙得晕头转向，累得直不起腰。吃不饱，手脚没力气，干重活自然比较吃力，常常招来继父劈头盖脸地骂，倘若出点儿小差错，更是被一顿棍棒教训。堂叔委屈，当面咬牙低头不出声，默默承受，心里窝火，捏紧拳头恨不得暴揍继父。但想想母亲和自己的处境，只好咽下气，偷偷地躲在僻静处流泪，偶尔私下里找母亲诉苦，希望逃离这个火坑一样的家。母亲是裹着小脚的女人，从没出过县城，更没见过啥世面。胆小懦弱的母亲抱着年幼的弟弟，默默地陪着流泪，劝他忍耐，做事上点心，少惹继父生气。

堂叔患上了很严重的肾病，农村俗称"腰子病"，在那个医疗水平低下的年代，经济条件贫困，母亲带他去看了周边几家郎中，熬了不少中草药喝，都没有治好，只好听命等死。继父则整天铁青着脸，骂骂咧咧，嫌弃他是个药罐子，光知道花钱，挣不了工分，每天还要赶他出门放牛。堂叔牵着牛，佝偻着腰，像个体弱的小老头，蹒跚地慢慢晃，躺在荒山避风的地方，晒晒太阳，想想这样也好，总比在家看继父拉得很长的苦瓜脸强。

恰好一个远方的亲戚过来，见堂叔病恹恹的样子，介绍了邻县一位祖传的老中医，专治肾病，在周围很有名。母亲喜出望外，抱着试一试的心态，带着堂叔去看病。

医生是个白发老头，体态略胖，精神矍铄，满脸慈祥。他认真地帮堂叔把脉看病，了解他的家庭实际情况后，减免了一半药费。见堂叔聪明诚实，长得瘦弱，待在家里憋屈难受，治好后，推荐给了开面坊的朋友去学徒，起码能吃饱饭健康成人。

堂叔去师傅家做学徒，人生掀开了另一页篇章。学徒三年，勤快嘴甜，挑水扫地，小活抢着干，深受师傅一家的喜爱，把他当成自家小孩对待。堂叔在师傅家干活辛苦，不仅做家务，也忙田地活，还要学手艺，但心情舒坦，很少被打骂训斥，即使有个闪失，师傅瞪眼狠骂几句，心慈的师母总是出面解围说好话，说他从小身世可怜，少人疼爱。

堂叔吃得饱，且比在继父家伙食好得多，身体渐渐长得强健有力，没事哼着小曲，渐渐忘记了远方还有一个所谓的家，只是梦里偶尔见到面容愁苦的母亲，在村口眼巴巴地一遍遍呼唤他的小名。

师傅倾尽毕生的经验，手把手传授，堂叔不仅学会了做面，也学会了干各种农活和为人处世的道理。堂叔一直挂在嘴边说帮他看病的老医生和传授做面手艺的师傅是命中的贵人，是上天派来帮助和拯救自己的，过年过节都带了礼品登门，到了晚年还念念不忘。

屋外冰天雪地，待在屋里无聊，我和小伙伴跑到面坊玩耍。堂婶和堂姐坐在面坊门口的凉棚底下，捧着细篾筛子筛麦子，捡拾小石子、稗子、碎麦粒。堂叔推拉架着长长横杆的石磨，有节奏地晃动着肩膀磨粉，石磨啮合发出唧唧的响声。细腻洁白的面粉堆放在长条案板上，揉捏，撒粉，拉伸，切成一根根长条，再拉伸、撑拽。堂叔玩魔术似的变出细如发丝的面条，动作时而如高明的厨师精心雕琢一道菜肴，时而如晨练打太极拳的招式大开大合，动作姿势自然和谐，如小溪流水般不紧不慢。

圆溜溜光滑的面条杆挑起来，插在木架上如蜂巢似的圆孔里。挂面做得精细，大都是定制的，价格贵，过年或家里办大事时吃。我站在堂叔旁边，咬着嘴唇，歪着脑袋，好奇地盯着他动作潇洒的双手。堂叔瞥了我一眼，摇摇头，叹息苦笑说："不要学，手艺人太累，挣个辛苦钱，你好好念书，才有出息。"

面坊的灯光常熬到深夜，堂叔独自在空荡荡的房间里，磨粉、揉面，寂寞地干活，为家人的生计努力。天气晴好，未干透的面条连木架轻轻搬出，摆放在屋后偌大的晒谷场上，一字儿排开，阳光洒下网状细密的影子，随微风轻轻摇曳，仿佛白色的柳条舞动，散发出麦子淡淡的清香，四周漫溢，浸润了村民苦涩干枯的胃口。

堂叔叫女儿在晒谷场的面架边守着，防鸡鸭鹅偷吃，防飞来的成群麻雀掠食，更防莽撞的猪闻面香而拱倒面架。堂妹蹲在地上，低头玩挑来的圆溜石子，不时扫视四周，生怕被父亲察觉，招来责骂。

我和小伙伴们在不远处的空地上玩耍，拍画片、跳房子、扮演老鹰捉小鸡，招手喊堂妹一起玩。她瞅瞅面架，嘟着嘴，摇头。玩得起劲，大呼小叫，堂妹不知啥时加入队伍，快乐的笑声、叫喊声响彻了整个安静的村庄。她玩得疯，两只辫子像活泼的小兔子上下翻跳，额头冒汗，眉头的刘海耷拉下来，遮住眼睛，也顾不上整理，随手一撩，咧着嘴笑，露出两个可爱的小虎牙。

堂叔忙累了,出来透透风,伸个懒腰,蹲在地上,抽根烟,没见自家的小孩,扯开嗓子就喊。堂妹听到叫喊,慌忙答应,声音里拖着哭腔,跌跌撞撞地往回跑。倘若面条被鸡鸭偷吃,堂叔则阴沉着脸向堂妹吼:"就晓得玩,玩能当饭吃?"板着脸,一顿责骂,甚至在屁股上打几巴掌。堂妹吓得边小声哭泣抹泪边捡起地上的石子,掷向尚未跑远的鸡鸭泄恨。

堂叔思想封建,重男轻女观念严重。前几个小孩都是女的,每次堂婶生完小孩,堂叔就脸色铁青,像僵硬的面条挂得好长,噘着嘴巴,不办满月酒。一个人忙完手里的活,独自深夜坐在面坊,拼命一根接一根地抽烟,难过叹息好多天。堂婶则像做错什么事情似的,躺在床上大气不敢出,生怕惹得堂叔发火,半夜偷偷抹泪,叹自己命苦,生不了个带把子的男娃。堂叔做梦都想生个男娃续家族香火,吃遍各种偏方草药,四处烧香拜佛,请算命先生掐指想办法。

堂叔人到中年终于生了男孩小五,现在腰板直挺,走路如风,嗓门洪亮,说话底气足了很多,脸上洋溢着从未有过的灿烂的笑容。苍天开眼,让他有了香火继承人,办了风风光光的满月酒。

桶装面条上市,对面坊生意冲击巨大,生意与日俱下。恰好乡镇改造,堂叔的面坊是租生产队的,被拆掉盖起了楼房。堂叔干脆改小门庭,定制挂面和手工面。

堂叔在喝得醉醺醺的时候，炫耀自己的面坊曾经的辉煌，斜着眼，不屑地数落筒装面条的种种不是：仅仅是填饱肚子，远没有手工面条筋道有味，缺少麦子的清香。

子女都已成家，几个女儿都算孝顺，每次回来从不空手，塞点钱，捎带礼品。堂叔闲时打打小麻将、带带孙子，整天笑呵呵的，功德圆满的样子。

油坊

母亲攥着我的手，攥住皱巴巴的油票，拎着硕大的陶罐去油坊。快到了，我撒开母亲的手，跨过木门槛，冲进空阔的场地，找油坊内的小朋友玩耍，清贫的生活好像不是我烦的神。

母亲炒菜，铁锅烧烫，小心倒油，点滴洒在锅铲上，抓住木柄，沿锅心快速画圆圈，油渍均匀只润了大半个锅面，就下菜了，这是她多年养成的节俭习惯。遇上姐姐烧菜油放多了点儿，母亲就皱着眉头，不停地唠叨：一年的菜油就这么多，省着点用，日子长呢！

旧时全乡一个榨油厂，用油户的菜籽晒干风净送来，折换成油票，吃油凭票来取，也有少数人家田里收的菜籽多，直接挑来卖钱。

各类油品买卖，有花钱买香油的，也有来买菜籽榨干的空壳挤压成油饼的，埋在果树或菜地下，是上好的肥料。我小时候曾经和堂弟央求伯父买了一小块油饼，挖坑埋在竹林高细的枣树下，第二年秋天满树的枣子结得又大又甜。

油坊榨油是在一间高高深深的房间里，墙壁建筑厚实，十几个榨油工人光着上身或套着贴身小褂，粗壮的胳膊肌肉隆起，额头上微微冒着汗。屋梁吊下来根粗麻绳，系着光溜溜的圆木，依序握着把手，四人一组，喊着单调高昂的号子，步调一致，猛地撞向绑在墙壁上的油子袋，"轰"的一声沉闷响声，房屋似乎颤抖着哆嗦了一下，声音通过墙壁传出很远，几里外空旷的田地都能隐隐听到；反过来时，撞向另一侧。挤榨出的香油，撞上光滑的墙壁飞溅，袋子里的油粒如屋檐下的雨水"哗哗"滴落，渗聚油槽，缓缓流向油缸。

油坊浓郁扑鼻的香气，熏得我和小伙伴晕了头，仿佛施了魔法，喝醉酒似的跌撞，又像游进无边的汪洋大湖，分不清方向。多年以后这个壮观的场景常在我脑海中闪现。

机械榨油渐渐兴起，远没有手工木榨的油味香醇厚，但出油率高。老油坊生意慢慢没落关闭，榨油工人各自谋生。油坊在冬天客串改作加工年糕的场所。

每年腊月，怕麻烦的不用磨米、蒸粉、包团子，提前按比例掺和糯米、粳米，泡透，板车拖到老油坊，付点费用磨成米粉，蒸好的白花花的年糕切成一截截，在竹制的篾垫上晾干，装进稻箩，拉回家去，让荒芜长草的废弃油坊多了些生机。

油坊停止运营，那些油工如树枝上的鸟儿失去了庇护，四散开来。

我认得一位榨油工，姓王，老家住在偏僻闭塞的山脚下，榨油厂倒闭了，不甘心也不愿意再回老家种地种田，过面朝黄土背朝天的辛苦无趣的日子。田地继续包给别人种植，自己在乡镇边的路口租了两间房子，把老婆孩子接过来，让儿子在附近上学。

过了些时日，他买了一架小型机械，雇了几个劳力，打水砂砖卖，自己亲力亲为，联系买主。他老婆长得面容清秀，干事麻利，把家里打扫得干净，收拾得整洁，负责伙食和家务。日子过得红火，儿子渐渐大了，东挪西借，还在县城按揭买了一套商品房。

后来，他渐渐感觉浑身没有了力气，饭没少吃人却越发消瘦，硬撑着干活。最后实在干不动了，干点活就累得气喘吁吁，满头满脸的汗，妻子劝他去医院好好查一查，他不屑地挥挥手：这点小活比起榨油厂的劳动强度简直是小菜一碟，榨油的圆木多沉，你们晓得吗？一天撞到晚都没有事，歇几天就好了！

几天过后，身子越来越轻飘，被老婆强拽去医院抽血检查，原来患上了严重的糖尿病。整个家庭发生了强烈地震，正常的运行轨迹被迫发生转变，四处借钱，去各种医院治疗，中药、西药和偏方吃了不少，但收效甚微，需要长期吃药调理。

打水砂砖的厂越来越多，质量要求越来越高，价格压得越来越低，利润空间越来越小，他家的砂砖卖不出去，堆积在晒谷场上很久。

劝退工人了，但还是得吃药治病，经济情况捉襟见肘。他整天唉声叹气，坐在门口的长椅上抽着闷烟发呆，瘦得脱了形，只剩下个骨架。老婆虽没读过几年书，也不认得几个字，但很贤惠，从不说埋怨丧气的话，也不在家里发火泄气，不停地安慰他，劝他想开点儿，变着法子做几个可口的饭菜哄着他吃下去。

老婆劝他振作起来，在家帮他想办法、出点子、鼓气，坚信天无绝人之路，老天一定会赏给自己一家饭吃。

他在家里苦想了几天几夜，十几岁的时候，跟人学过一阵子扎烧给死人的纸糊灵屋、清明冬至手剪的白色纸幡纸人的手艺。这手艺重新捡起来，这个市口不错，现在讲究烧这些东西。他买来多张白纸，几瓶墨汁，几支毛笔，砍来一小捆细水竹竿，埋头在家反复操作了好多天，边做边想，废了好多次，终于扎成了一个像模像样的灵屋。他仔细瞅了瞅手上磨破的皮和灵屋，苦笑着长叹说，自己死了还不知道谁帮我扎灵屋烧纸钱。老婆罕见地嗔怪他，瞎说什么，净讲不吉利的话。

从此，门口打水砂砖的木牌子，翻过来，换成了扎灵屋丧事一条龙告示牌。

他与那些专门帮人办丧事的吹打唢呐乐队联系，相互照应彼此的生意。店门里面装了木柜台玻璃柜面，卖爆竹、草纸、白色的挂幡。我清明、冬至回老家，来店里买祭扫祖宗的物品，在他店门口等回市里的公交车。他很和蔼，忙着手里的活，眼睛因为糖尿病并发症视力下降得厉害，戴着厚厚的老花镜，瞅在纸边小心地描画。烧给死人的用品，也画得很仔细，尺寸大小和颜色搭配合适，虽是半路重操旧业，毕竟有过童子功，乍一看真像那么回事。

我有次主动和他打招呼，他扶着眼镜仔细瞅，看清了是我，急忙端来长条板凳，递上香烟，客气地问长问短。

店里堆满了纸扎的电视机、空调、电脑，我摸了摸脑袋，惊诧地问："这个也有人要？"他笑着说："现在人家要做什么，我就给他做什么，不然没生意啊！也就是活人烧给亡人，图个心安吧！"我客气地说："小店生意不错啊！"他停下手里的活，苦笑着摆摆手，摇摇头说："挣不了多少钱，就糊个嘴和日常开销，给自己解个闷，不然天天在家歇着还不憋疯了！挣钱主要靠老婆在城市大医院辛苦做护工，她也不容易，服侍病人受累也受气。"说完，浑浊的眼角湿润了。儿子也大了，念书不行，也出门打工学手艺挣点钱。

他羡慕地望了望我说："干了十几年榨油工，流的汗都能汇满村口的大塘，也没捞个医保！还是你们单位福利好，没有后顾之忧。"

参加工作不久，村人给我介绍女朋友，一打听，才知道是小学同学婷。她父亲是老师，教过我数学，母亲曾在老油坊当会计，她住在老油坊宿舍。

多年没见，听说她考了师范，在乡村小学教书。回想当年她上学时，圆圆的脸蛋，两个漂亮的小酒窝，娇小可爱的样子，我点头答应。

第一次见面，彼此有些害羞。相互打量了对方，不知道说啥，毕竟多年没见，生活的轨迹又没交集。婷不停地拂拭着乌黑的短发，咬着嘴唇，红着脸，低着头不说话，玩捏自己的手指；我努力憋着笑，保持矜持。婷的家人对我很热情，婷说先处处再说，我经常下班辗转几趟车去她家，闲聊彼此的工作环境和生活中的趣事。

一次下班，匆匆赶回老家，特意理了头发，还喷了摩丝，擦亮皮鞋，穿了套干净整洁的衣服，披个青灰色围巾，还难得地在镜子前照了好一阵子，哼着流行歌曲，第一次去婷教书的偏僻乡村学校，想给她个意外的惊喜。

婷上完课，回到办公室，见我坐在她的桌前，一脸惊诧。她皱着眉头，噘着嘴，和同事说话聊天，把我晾在一边，弄得我有点儿不知所措，尴尬了好一会儿。

过了好一阵，她似乎消了气，勉强挤出笑容，陪我在学校周围转了一圈。处了好几个月，不知道啥原因，婷没有中意，叫彼此熟悉的同学把送她的礼物还回来。我心一揪，仿佛背后突然被猛踹了几脚，头脑发蒙，心隐隐地抽搐，脑子没有反应过来，想当面问个究竟挽回这段感情，至少要给个说法，被同学硬拽着坐下，发了一通火，情绪渐渐平静。同学拍了拍我肩膀，劝阻说，还是算了吧，估计她觉得不适合，要留点念想，不要撕破脸皮，同学的友谊都保不住。

我长叹了口气，摇摇头，再也没去过油坊。婷后来嫁给了一个乡镇普通的公务员。

时间过去了十几年，一次回老家，在乡镇下坡的坎子迎面撞见婷，对视了几秒，我苦笑，她也抿嘴露出笑容，嘴巴撇了一下。但是没有说话，各自朝自己家的方向走去。

我回头停了下来，转身轻轻地喊了她一声，不知道她听到了没有，没有回头，继续慢慢地往前走。

我默默地盯着她渐渐远去的背影，直到模糊，再也看不见。

油坊故人，很多也这样渐渐远去。

寒冬琐忆

过了腊八就是年。

天气最冷的大寒时节，田地里的农活少。空旷荒芜的田野，枯衰的杂草和朽腐的稻桩随处可见，青绿的油菜苗瑟缩在坑洼里，偶尔有几只灰色的麻雀飞起又落下。

母亲和村里妇女们约好天晴耙松毛。我和小伙伴凑热闹，跟屁虫似的黏着。天刚微亮，月亮没有沉下去，朦胧地挂在天边，大家扛着系挂塑料袋、麻绳的扁担和竹耙，斜挂着鼓鼓囊囊的干锅巴的布袋，冒着冷风吹刮，踩在咯吱咯吱冻得发硬的土路上，边走边叽叽喳喳地闲聊，还不停地哈着热气。路边浅窄的小氹、小沟结着厚厚的冰，像盖上了模糊的白色玻璃片，田地的枯草和凸起的树枝裹着白色的厚霜。穿过蜿蜒曲折的土石路，高低错落的小山峰映在眼前，天渐渐大亮，隐约听到人说话的声音和狗吠鸡鸣声。

深冬的山上疏朗安静，松树枯黄的叶子抖落在地，像一根根细针似的，掉蹦在地的松果和垂挂坏死的树枝四处可见。

母亲耙松毛，我捡松果，累了找个青灰色的大石头坐下来歇歇，饿了摘几个野果子或掏出几片锅巴吃。忙到中午，母亲挑一担夹杂少量枯枝的松毛，我背着半袋松果，疲惫地回到家，把松毛码到柴房，准备过年时搭配干枯的稻草烧。将松毛扔进光滑逼仄的锅洞，火旺，燃得久，炒菜熟得快。

父亲找出扔在柴房旮旯里的磨刀石，端盆水清洗，把锈钝的斧头刃口磨得锋利，又把自家田地边的杂树枯藤砍下，废弃的老树墩子挖出，剁劈成短棍和小木头片子，晒干，码成垛，方便过年小柴炉子炖汤——这种小木头片子耐烧，烟少。

瞅着年就在眼前，阴冷的天气结束，太阳羞答答地露出笑脸。母亲把旧木柜里厚实的棉衣、棉被罩在池塘里漂洗捶打，理顺，挂在竹篙上晾晒；房梁上堆积的蜘蛛网，哥哥套顶破草帽，举个绑着鸡毛掸子的竹竿，打扫得清爽干净；我抓个抹布擦拭箱柜、板凳桌面上的浮灰；父亲把门前打扫得干干净净，母亲把几个房间平整的泥巴地扫了一遍又一遍。过年前一天，母亲把晒得松软暖和的被子罩上白净的被单，铺平，缝好。我晚上盖着干净舒适的被子，透着股洗衣粉的淡淡漂白味，很快进入梦乡。

村里池塘承包到户。架几台水泵，水渐渐抽少，露出纵横的沟壑和凹凸黑湿的轮廓，几个深洼地还有些许剩水。捉鱼的村民，伸伸胳膊，甩甩腿，脱掉裹在身上厚厚的棉衣，穿着单衣薄褂，抓着渔网，腰上系着鱼篓，蹒跚地在池塘的烂泥里行走，来回不停地捞捕。仿佛也被寒冷的冬天冻坏了似的，鱼儿在水里偶有蹿跳，不太挣扎。大鱼装进篓子，小鱼小虾扔进池塘的水氹放养。春天的鱼子抛洒池塘，冬天捕捞，这是故乡村民朴实的想法，如同庄稼地春天播撒种子，秋冬收割一样。

捕捞上来的鱼，堆放在小组长家门口，按个头大小和家庭人口的多少搭配，分成一垛垛的。组员代表到齐，找个小杯盏，撕几张小纸片，写上数字，抽签决定领走哪堆鱼。一般是妇女认领，把鱼拣装进竹篮，拎到池塘边清洗打理。

下塘捕鱼的村民回家，妻子早找好换洗衣服和薄膜澡帐，锅里烧好滚烫的热水，泡个澡，以免冻伤。熏熏身子，洗得干干净净，穿得清清爽爽，去小组长家喝酒吃饭。用捡拾来的稍小鱼虾，配上简单作料，扑鼻的鱼香从厨房里飘出，主人贴炒几盘摘来的新鲜蔬菜，打几斤散酒，捕鱼男人们坐在大木桌上推杯换盏，大声闲聊庄稼的收成和来年的希望。

除夕，晚上房屋的灯泡拧亮，点个长明灯，从旧年跨越新年，图个来年顺顺利利。经济条件再艰难，每家都准备一条鱼烧好，从年夜饭到正月十五元宵节，这碗鱼都要摆在桌上，预示"年年有余"的好兆头，也是对未来的希冀。

趁捕鱼抽干了水塘，勤劳的村民把发黑的淤泥挖进木质长盆，再翻堆在岸边的堤埂上。抽空挑回自家门口的晒谷场拐角，晾干，刨碎，夹杂些乱稻草和枯树叶，烧成慢慢发热冒烟的火堆，冷透，然后撒到田地里，这是上好的肥料。我们这些小孩闲着没事，在火堆里埋个红薯或山芋，烤熟，抓根树枝掏出，在衣袖上擦擦，撕掉外皮，喷香味美，挤在一起，边吃边憧憬着未来的梦想。

除了做两本寒假作业，我和小伙伴常窝在一起晒太阳。冬天可吃的零食稀少，挖荸荠是一个不错的选择。每人扛把铁锹，挎个竹篮，做好准备工作。荸荠苗早已枯萎，像衰败的荒草，匍匐奄拉着，点把火都能烧光。一锹下去，掀起黑泥，褐色的荸荠歪躺在土里，抠出来，扔进篮子。如果嘴馋的话，就抠掉泥巴，在衣服上擦擦，一口咬下去，一股清凉鲜甜的味道直入心脾。多少年过去了，我每每想起，都忍不住勾起儿时的记忆。

深冬，河水干涸，仅几个深洼有点儿剩水。我和小伙伴不走宽阔的堤岸，而是顺着内沿大大小小的坑洼，来回攀岩探险，模仿电影中的英雄人物，执行特殊危险的任务。倘若有人脚下踩空、泥土打滑或手没抓牢，掉进洼地，水浅倒不至于淹死，他狼狈地爬上岸，哭兮兮地抹眼泪，套着湿漉漉的衣服，冻得发抖，低着头像丢了魂似的回家，回家之后又免不了挨父母责骂或打屁股。

　　沟壑沿、河道边的枯草纵横蔓延。我和小伙伴躲在避风处，歪躺在松软的枯草堆里晒太阳，神侃；要么从自家土灶边的小方洞里掏盒火柴，在荒芜的田埂、河道边烧枯草玩。火势顺着风越来越旺，远远望去如奔腾的火龙，我们最初高兴，现在见火势越来越猛，担心把周边的树木引燃，捡起树枝拍打。大人们闻讯，赶紧跑来，边扑火边吼骂：这几个小搪炮子孬费！

　　新年的到来，催着柳枝悄悄吐绿，枯草堆里也露出点点翠绿的嫩芽。春风轻轻吹拂，吹绿了田野、河堤。

　　我和伙伴们在季节更迭里长大，童年冬天的背影渐渐远逝。

怀念养猪的日子

　　最近回到老家，崎岖不平的泥巴路变成了宽阔平整的水泥路。河道越来越窄，承载我少年记忆的瓦房都已破败不堪，或是像被抛弃的废品一样任其自然倒塌，好多已盖成新的楼房。如果不是过年过节，村里看见的大都是满脸褶子、行动迟缓的老人和走路摇摇晃晃、没有学会讲话的小孩，年轻力壮的男人和女人都出去打工了。只有狗无精打采地趴在门口，看见有陌生人从院子门口路过，象征性地叫上几声。养鸡的人家不多，以前在村庄里随处可见的猪已经看不到了。我好奇地问母亲，母亲苦笑着长叹，现在猪没办法养，米糠那么贵，一年下来挣不了几个钱，还整天提心吊胆地怕猪发瘟，谁愿意操心干这事？我心中感慨万千，不由得想起小时候我家养猪的经历。

　　小时候，每年正月刚过，风似乎没有冬日里吹得那么生疼，田野里、河堤上小草渐渐透出嫩绿的叶子。这时候母亲总会从镇上买回来一头健壮的小黑猪。小猪刚捉回来，比小狗大不了多少，全身毛发乌黑，拖着一条细小的尾巴，睁大眼睛警惕地看着周边陌生的环境，不停地哼哼。我看它好玩，便想拽住小尾巴仔细瞅瞅，顺便逗它开心。没想到小猪见我要抓它，像躲避强盗一样赶紧跑开。母亲用一根细绳拴住小猪，以免跑丢。

倘若天气晴好，母亲便叫我跟着小伙伴去田野里挖些野菜，回家后，母亲用菜刀剁碎，用少量剩饭加些细糠，均匀搅拌，用一个小陶瓷盆放在小猪旁边。小猪看见有吃的，便来了精神，整个头埋在瓷盆里大口大口地吃喝着。我想上去拽它的小尾巴，还没到它身边，它就警觉地停止吃喝，歪头看着我，做好随时逃跑的架势，我只好作罢。母亲在灶房放柴火的地方用松软的稻草铺垫成猪窝，几次把小猪引到猪窝去之后，轻轻地用手抚摸小猪，小猪很快便安静地躺下了。以后小猪便知道那个窝是它的床，吃饱喝足后跑到猪窝里呼呼大睡。我不解地问："妈嘴（方言，妈妈），一个小猪你对它吃睡还搞得这么细心，它又不是人哟！"母亲开始没有理我，见我老是问，便瞪了我一眼说："你个小家伙懂什么？一天到晚就晓得孬费！猪也是一条命，你不把它伺候好，还想让它长得胖？"我似懂非懂地笑着抓抓头。渐渐地，小猪长胖了，对我家的环境也适应了，母亲便松开拴在它身上的绳子。猪没事的时候便在村子里溜达寻找自己的玩伴，看见别的猪也会把嘴凑上去，鼻子里哼哼着打个招呼，有时会共同找一个烂泥地打滚，享受一下泥巴浴。累了、饿了，它自己回来睡觉和吃食，特别是听到母亲边呼唤边用木棍敲击小陶瓷盆的声音，小猪会慌不择路地往回跑，仿佛有人和它抢食，迟了就没有吃的一样。

有一次我看见村里一只老母猪带着一群小猪从我家门口走过，不知道出于什么原因，我家小猪也加入了猪群，跑到老母猪肚子下面试探性地吮了一口奶头，老母猪并没有发火，只是怜爱地用鼻子在它的嘴前凑了凑。猪群里其他几头小猪不友好地合伙用鼻子将它拱了个四脚朝天。我看得气愤极了，捡了一根细树枝，正准备上去帮忙，但我家小猪不争气，一骨碌爬起来继续跑到猪群里，用嘴讨好似的往其他小猪跟前凑。我嘴里咕哝了一句"现世宝，活该"，转身愤愤地走了。走着走着，却没来由地笑了，我看到别人家有好吃的，不也走不动步吗？不也是看着好吃的直咽口水吗？呵呵，还不是和我一样好吃！

我家养的猪有时候也会闯祸，大概是抵挡不住鲜嫩蔬菜的诱惑，和其他家的猪结伴跑到村子旁边的菜园地里，拱坏了木头做的栅栏，偷吃菜园里的蔬菜，最让人生气的是把菜园地的菜踩踏得一塌糊涂。菜园的主人既心疼又生气，虽然边赶猪边骂，但一般都不会狠狠地打猪，都知道这个猪在每家的重要性。菜园主人找到母亲，痛诉我家猪干的种种"恶行"，母亲笑着一个劲儿地赔礼道歉，承诺以后一定会看管好。菜园主人走后，母亲会对躺在后门口的猪像骂小孩一样训斥，猪似乎听懂了，卧在那里闭着眼一声不吭，不时地动一下耳朵。我站在旁边偷偷地笑，心想：总算有个"同病相怜"的了，平常我淘气会挨骂，你（小猪）干错事，一样逃不过母亲的一顿教训，呵呵，你也有今天？心里顿时轻松了许多。作为惩罚，母亲会重新将猪用绳子拴一阵子，限制猪的活动自由，直到母亲认为猪不会再去菜园地才松开。

倘若猪生个小病，吃食便无精打采，有时甚至一口都不吃，病恹恹地躺在猪窝里不愿动。这时候，母亲整天愁眉不展，一天要往猪窝旁边跑好多趟，用细糠和碎米放在锅里煮熟，亲自把盆端到猪窝前招呼猪吃。我也特别紧张，生怕猪有个好歹，放学回家或是心烦的时候一个逗乐解闷的对象都没有。我自告奋勇去田边割一些鲜嫩的青草洗干净，交给母亲剁碎后，加些细糠，放在盆里和均匀，把盆端到小猪的窝边让它吃。倘若还没效果，母亲第二天大清早会跑到大队唯一的兽医家，请他来亲自诊断，一般打上几针，在猪食里再加些药，几天过后猪便渐渐有了精神。母亲这段时间会特别细心地照料，观察猪的状态和吃食情况，甚至半夜不放心还爬起来拿煤油灯照一照，生怕猪有个意外，被父亲笑着数落：

简直担心过头了，猪的命大着呢！我也特别上心，平常我是喜欢睡懒觉的，一般都要母亲喊上两三遍才会慢腾腾地起床，但那几天我都是天蒙蒙亮就一骨碌爬起来，跑到猪窝边，挠挠猪肥嘟嘟的大肚子，看看有没有动静。倘若猪还没有反应，便拽拽猪的大耳朵，嘴里嘟囔："快醒醒，快醒醒！简直比我还懒，太阳都快照屁股了，起来有好吃的！"直到猪不厌其烦，翻翻身，甚至不满地发出哼哼声，我才放心地去吃饭上学。回家第一件事，依然是看看猪的状况，抓住猪耳朵和它聊几句我认为好玩的话。猪只是睁开眼睛看我几眼，哼哼两声算是打了招呼，看来是不大愿意理睬我。

周末，作业做完了，我和小伙伴疯玩一阵子后，便聊起电影里的场景，特别是英雄人物骑马举刀杀敌的镜头更是让我们羡慕不已。突然有个小伙伴指着一群正在溜达的猪，嘿嘿地笑着说："没有马，那么我们骑猪呗，也差不多吧？"众伙伴满口说好，只是苦了这批猪。我们每人手里拿了一根小树枝当马鞭，各自骑着自己家的猪（倘若没有看见家中的猪，便随便找一头骑上），想象自己就是电影中的英雄。我家的猪累得嗷嗷叫，不肯快步走，我气得拿小树枝狠狠地抽它的屁股，猪大概是又恼又疼，干脆顺地打了一个滚，我被摔倒在地，膝盖疼了半天都没有缓过来。其他小伙伴看着我的窘样，呵呵地笑出声来。我气得拿起一根粗棍子要狠狠地揍它，被洗菜路过的母亲喝止。母亲一边夺过我的棍子一边生气地说："小家伙，玩着玩着就没有下数（分寸）了！赶快跟我回家，一天到晚就知道孬费！"我涨红着脸，摸了摸依旧有些疼痛的膝盖，看了看若无其事的猪，真想偷着狠狠踢它两脚解解气，不情愿地跟着母亲回了家。

经过母亲近一年的细心照料，到了腊月，我家的猪已经长成了一头体形硕大、走路身上肉晃晃的成年猪。父亲早早地联系镇上的杀猪匠，定好日子。倘若是明天要杀猪，母亲头天晚上一定会用细糠和好多稀饭，弄上满满的一大盆，端到猪身边，看猪大口大口地吃喝。母亲有些伤感地摸着猪背说："今个（天）吃个饱，明个（天）投个好胎！"我也拽一拽猪尾巴，有些不舍地说："大猪大猪你别怪，你本是桌上一道菜！"猪好像没有听懂，依旧大口地吃喝，吃完后呼呼大睡。我小声地说了一句："你也蛮快活的，既不要念书，也不要写字，还不要干事，整天就知道吃了睡，睡了吃，这下好了，要挨上一刀了吧！"

第二天杀猪后，父亲一般会叫上几个叔叔和奶奶，以及杀猪的屠夫，嘱咐母亲用猪下水烧几个下酒菜，大家喝上几杯。我和哥哥姐姐像过年一样，吃着平常很难吃到的美味。母亲锅上锅下忙碌着，很少看见母亲吃肉。猪肉大部分都兑给了屠夫，我们全家人过年的年货以及全家人身上的新衣服全指望它了。母亲还偷偷地给我用精肉切成小肉丁熬一碗鲜美的肉汤，等到哥哥姐姐走后，把我叫到灶下，我一口气连喝带吃，很快吃得看不见一点肉末。我手里拿着空碗，一边使劲地咂巴咂巴嘴说"好吃好吃"，一边望着母亲说，"妈嗬，我还想喝"！母亲苦笑着说："小家伙哎，尝个味道就照（行）了！你哥哥姐姐都没有喝到，哪里还有呢？"我只好恋恋不舍地放下碗。

我上中专那年，接到录取通知书后，全家激动不已，转眼母亲便犯起了愁，上学的学费和一学期的生活费没有着落。母亲和父亲商议了很久，最后母亲硬着头皮找到年年帮我家杀猪的屠夫，希望能预支尚未长成的猪肉钱。满脸横肉、身材魁梧的屠夫笑呵呵地说："首先是恭喜，想不到你家小三子这么丁龙（方言，优秀）！没问题，我先垫给你一千块钱，杀了年猪我们再算账！"说完就痛快地把钱交给母亲。母亲临走时，屠夫笑着说："三嫂子，小家伙上学是大事，千万不能耽误！"母亲感激地拿着钱回家，全家人都很激动，悬着的心终于落了地，我看了看睡在窝里的猪，顿时觉得那么亲切。上了初中，特别是初三繁重的学习让我的脑子里只有书本里的知识，早已忘记了和猪逗乐，这时候我忍不住跑到猪跟前，揪揪猪的耳朵，笑呵呵地说："二师兄，还得感谢你！不然我上学的学费真成问题了。好好吃，好好长！"大猪站起来，哼哼着，走过来用鼻子拱拱我的手，痒痒的，让我觉得那么亲切。现在想想，还得感谢我家养的那头当时尚未成年的猪。

我毕业几年后，经常有不良商贩把病鸡、病猪肉拿到镇上卖，造成周围的乡村鸡、猪大面积发瘟。我偶尔回家发现村里听不见鸡鸣，看不见猪跑。母亲连续养了三头猪，虽然精心饲养，但都无一例外因为发瘟死了，令人心疼。母亲彻底死了心，以后我家再也没有养过猪。但小时候家里养猪的那段经历，回想起来仍历历在目，有些记忆的碎片仿佛就发生在昨天，现在想起仍然忍不住会心一笑！

看甘蔗

几天前，我回到故乡。

天气晴朗。午饭后，哥哥带我到村庄四周转转。走到了村口的池塘边，跨过小水沟，便来到我家的一块水田。哥哥环视了一眼长满杂草的水田，轻轻地用手扒开田埂上枯败的藤蕨，走到一处田角，感慨地说："三保，还记得这块地栽甘蔗的时候，我们俩曾经在这儿搭过棚子看过几年甘蔗吗？"我点点头。哥哥长叹了口气说："可惜今年被征用，说是要规划盖房子了！"我没有说话，少年时看甘蔗的一幕幕像泛黄的照片一样浮现在眼前，我努力把这些照片复原并拼成一幅幅完整的场景。

十三四岁的时候，村里有几户人家都在靠近村口的田里种上了甘蔗，听说收成、收入还都不错。父亲看我盯着种甘蔗家的小孩大口大口地嚼着甘蔗时，眼睛直勾勾嘴里咽口水的馋相，便和母亲商量，计划在这块五分田里种甘蔗，我和哥哥自然是高兴得合不拢嘴。原来一干农活嘴巴就噘得老高无精打采的我，每到周末，咧着嘴主动跑到田里帮忙施肥除草，经常忙得满头大汗，累得腰酸背痛，但感觉时间过得飞快，心情特别舒畅！

经过一家人起早贪黑精心侍弄，夏末秋初时节，甘蔗渐渐长到一人高了，远远望去，一片碧绿。父亲看见相邻甘蔗田里都搭起了棚子，便也在自家的田头用几根毛竹和稻草盖了一间简易草棚，供我和哥哥看甘蔗时用。我俩几乎每天上学放学都要到甘蔗田看看，晚上点一盏煤油灯，一边看书做作业，一边轮流睡觉。初秋的甘蔗田里蚊子、飞虫比较多，虽然点了蚊香，但飞虫还是不时地飞到身上，落到书本上，蚊子更会毫不客气地和我们打"游击战"，狠狠地叮一口就跑。刚开始用手打，拿扇子驱赶，后半夜困极，也就无暇顾及了，经常第二天醒来手上、腿上都会留下十几个肿起的小红点。

有一天傍晚，我和哥哥正在草棚里做作业，突然下起了雨，而且越下越大，简陋的草棚四处漏风，雨点也会随风飘向草棚里面，天空中还不时夹着闪电和雷声。我和哥哥只能把衣服、被单和书本放在淋不到雨的地方，然后紧紧地缩在一起，望着棚外的甘蔗地。我们心中不免有些害怕，嘴里咒骂着这鬼天气，心中祈盼着雨赶紧停，肚子早就饿得咕咕直叫了。这时田边突然出现一个熟悉的身影，打着一把破布伞，手里又拿着把伞，原来是笑吟吟的父亲。我和哥哥顿时觉得胆子大了很多，肚子似乎也不像先前那么饿了。父亲催我们回家，我们连忙逞能说我们能行！父亲最后佯怒说："刮风还下这么大的雨，让你们两个小家伙蹲在甘蔗地，你们放心，我和你妈晚上睡在床上也心不定啊。快回家，饭还在锅里热着呢。"我和哥哥只好打着父亲带来的伞回家。

草棚里的床小，我睡觉比较"武"，刚看甘蔗时，有一次在睡梦中翻身掉到床下的田里去了，幸亏床离地不高。哥哥半夜醒后摸摸床上没人，吓得一骨碌爬起来四处寻找，看见我躺在田里居然还在继续睡，又好气又好笑，以后每次都让我睡在床里侧。一般都是哥哥先睡，夜深了，我眼睛微闭着，斜靠在草棚里面的立柱上，过不了多久，耷拉着脑袋，迷迷糊糊地进入了梦乡。有时突然惊醒，耳边隐隐听见脚步声，赶紧推醒哥哥，口里大声"有贼"。两人赶紧拿起木棍和手电筒，仔细地巡查：有时是捕黄鳝的人在旁边的水田里检查笼子，有时是自己梦见的场景，当然也有是真来偷甘蔗的，偷甘蔗的人在夜色掩护下跑远，看不见人影，只好作罢。有时醒来已经是第二天早晨了，我已经睡在草棚里侧，身上盖着被子——可明明记得是靠在草棚的立柱上打盹的！连忙问一脸疲惫的哥哥，哥哥有时笑笑不说话，有时开玩笑说："睡觉这么死，别人偷完了甘蔗，不喊你一声你都不晓得！"我们睡在小草棚里，有时嘴馋，也想吃。哥哥和我约定，每天我们只能吃一根，第一次挑来挑去最后还是挑了一根长得蔫蔫的。以后哥哥每次都把中间又甜又好咬的给我，自己吃前面的甘蔗梢子和比较难咬的甘蔗根，我有时也觉得不好意思要换着吃，哥哥说："看看你那满嘴的牙，小时候逮到糖死吃！我牙好还是我来啃根子，根子甜，梢子淡刚好扯平了！"我想想也对，便心安理得大口地吃了起来，感觉自家甘蔗比以前任何一次买的都要甜，吃得都要开心！

深秋的一天傍晚，天色渐渐暗了下来，村子中央的广播已经响起嘹亮的声音，忙碌了一天的村民早已扛着农具回家，远处的群山渐渐地和天边的云朦朦胧胧地连成一片。我和哥哥正在争论着谁先回家吃饭的时候，突然听到几声沉闷的"啪啪"声。我惊呼一声"有人偷甘蔗"！连忙拿起靠在木棚边胳膊般粗细的棍子，哥哥早已像脱弦的箭一样追了出去，我也加快脚步跟了过去。只见一个身材瘦长的少年肩上扛了两根甘蔗，光着脚拼命地跑，一下子跑到河堤上，转眼又从河堤慌不择路地跑到窄窄弯曲的田埂上。有几次踩空了，一只脚掉到水田里，知道我们在身后紧追不舍，慌忙起身继续跑，又跑到河堤上，接着扔掉了甘蔗。最后大概是跑得精疲力竭，终于停了下来，站在河堤上一棵粗壮的柳树下。哥哥冲上去抓住他的衣领狠狠地推搡了一把，举起拳头准备打他，最后却放了下来。我捡起地上的两根甘蔗，气咻咻地赶了过去，嘴里断断续续地说："小……狗日的蟊贼，你……你跑啊，继续跑啊！跑了和尚跑不掉庙，看我今天不好好地修理你！"深秋傍晚的风吹在人身上，已经有了一丝凉意，少年穿着单薄破旧的衣裳，咬着嘴唇，昂着头，一副死猪不怕开水烫的架势。我说完冲上去要揍他，却被哥哥拉住，突然看见少年旁边站着一个身材矮小、穿着破烂的小女孩，头上扎着两根马尾辫，有六七岁的样子。她手里拿着一根别人丢弃的甘蔗梢子，地上有许多嚼过的甘蔗渣，脸上挂着两条泪痕，一双小眼睛正惊恐无助地看着我和哥哥。少年见我看着他妹妹，赶紧用单薄的身子护住小女孩说："是我偷的，跟我妹没关系，你们要打就打我！"我握紧的拳头渐渐松开，哥哥望了望这两个小孩，轻轻地从我另一只手中拿出一根偏细的甘蔗，弯下腰递到小女孩手中，起身对少年说："以后别偷了，我们起早摸黑种个甘蔗也不容易！赶快带你妹回家吧，天黑了，别把她吓到！"少年突然有点不知所措，抠着手指，脸上有了羞愧的表情，嘴巴张了张，想说什么，但最终没有开口，只是默默地看着我和哥哥。哥哥转身拉着我往回走了。

后来，我和哥哥虽然也抓到过偷甘蔗的人，但再也没有发现过那个少年。转眼过去了近三十年，连这块曾经种甘蔗的田都将被征用了。我从小陪伴盲人伯父睡觉，看甘蔗是我和哥哥在晚上一起度过的最多的时光。虽然我们也会为一些小事争吵，但那段时光发生的事情无论酸甜苦辣，在我的脑海中经常像一幕幕鲜活的电影画面闪现在眼前。我经常逗趣似的说给女儿听，看着她稚气的脸上像听遥远的故事一样惊讶，便更加怀念那段和哥哥一起看甘蔗的青葱岁月。

老 屋

　　小时候，老屋后门口有一大块空阔地，四五家邻居的后门都对着这块地。顺着空地往外走，不远处便是村口的池塘了。几棵树像一把把天然的大伞挡住毒辣的阳光，夏天微风习习，冬天窝风不冷。农闲时只要不下雨、不下雪，我们这几家的大人清晨都会把这块地扫干净，总有人到这里聚集。

　　每天上午母亲和邻居家的几位大婶一起在空地上择择菜，或者拿着针线活补补衣裳，纳纳鞋底，聊聊家中的小孩念书成绩的好坏，说说周边村庄发生的稀奇古怪的新闻。邻居家的大人如果临时有事，把牙牙学语的小孩往这里一放，含着笑嘱咐："大嫂子，我有个事啊，一哈子（一会儿）就回来！小家伙麻烦看一哈子！"说完转身就走了，小家伙一般会哭着号几嗓子，但禁不住大婶一阵逗，和比他略大的小伙伴带他玩，转眼间就玩得津津有味了。有时邻居大婶们从村外地里砍回来一抱毛豆秆子，或是在菜园里割来一把韭菜，直接拖过一只小板凳，一边剥毛豆或挑韭菜，一边加入聊天的队伍。也有到池塘边淘米、洗菜或者洗衣服的妇女会不自觉地加入聊天的队伍。有时也会集体开新媳妇的荤素玩笑，屋后的空地上不时传出开怀大笑和嘻嘻哈哈的喧闹声。

特别是那些年龄相仿的男孩女孩，经常在这块空地上一起做游戏，偶尔会被大人们善意地调侃。屋后做面条家大叔的女儿莲，和我同岁，小孩子玩过家家的时候，我们经常扮演夫妻。玩的次数多了，伙伴们玩游戏时就会有意无意地把我俩分在一组，几家的大人也经常开我俩的玩笑。我那时候开智迟，只会傻呵呵地笑，莲常常被说得脸红害羞，假装生气似的噘嘴跑开，跑到没人的拐角处，却低头开心地偷偷笑。

一个夏天的午后，我、莲和其他几个小伙伴到村口的杨树上捉"天牛"（一种头上有两个触角的昆虫），捉住后用细线拴住触角玩。我自告奋勇得像猴子一样利索地往树上爬，屏住呼吸，小心翼翼地捉住一只后，左手抓住一个树杈，右手显摆地拿着"天牛"给树下的伙伴们看。突然左手火辣辣地疼，不自觉地松开了，结结实实地摔了下来。我躺在地上，大声号哭，哭得满脸是泪，一边摸摸摔得生疼的屁股，一边看看火辣辣的左手胳膊，原来是叫"杨辣子"（一种身体软软会蜇人的昆虫）蜇了一下，顿时起了一个红包。同来的小朋友都吓得不知怎么办好，呆呆地看着我。只有莲愣了一下，回过神来赶紧把我扶起来，问我哪里疼。我哭得更厉害，一边指指屁股，一边把左手伸过去。莲心疼地安慰我，用小嘴轻轻地吹我胳膊上的红肿处，顿时胳膊有种凉习习的感觉，似乎不像先前那么疼了。莲和其他几个小伙伴把我扶到屋后树荫下的凉床上歇息，又跑到家里拿出紫药水小心地给我涂上。我抬头看看树上，仍带着哭腔说："这个树上不会也掉'杨辣子'吧？"小伙伴们哄堂大笑，在以后很长一段时间内，小伙伴经常逗我说："三保，树上掉'杨辣子'了。"我会下意识地往树上看，惹得小伙伴一阵恶作剧得逞后大笑。长大后，莲学习成绩不好，早早地辍学帮父母料理家务，我则继续到远方求学。每次寒暑假莲看见我，都会客气地问问我学校念书的趣事，我心中朦朦胧胧的情愫蠢蠢欲动。中专还未毕业，就听说莲嫁给一个手艺不错人很老实的木匠。

时光像河道里的流水一样不疾不徐地流淌，村庄里的人和事都在慢慢变化。几年前，屋后空地上的大树早已被砍掉，只有一些后栽的小树和长得半人高的蒿草。现在每次回家，当年的男孩子都已人到中年，为了生计四处打工，很少能碰见；以前的女孩子嫁为人妇，偶尔看见只是客气地打个招呼。我家的老屋破败不堪，年迈的父母和哥哥嫂子住在村头的楼房里。邻居的大叔大婶们早已满头白发，老态龙钟，看见我总是笑着打招呼，问长问短。

我的小学

　　八岁那年初秋的一天上午，阳光依旧炙热地烤晒着大地，我看见年龄相仿或者略大的少年都咧着嘴，炫耀似的在我面前摆弄着新书。我眼巴巴地看着他们手中散发着淡淡墨香的书本，对父亲说："我也想去念书！"父亲沉默了一会儿，吸了一口没有过滤嘴的劣质香烟说："你和隔壁的赵大个他们一起去报名，学费先欠着，上学后再交！"

　　我便跟在村里几个年纪略大的男孩身后，走了四五里弯弯曲曲的土路，沿途穿过几座村庄，终于到了一个小山坡前。山坡上盖了一排土墙瓦房，一位三十岁左右的女老师正在一间瓦房的门口低头忙着登记，同行的伙伴很快交了钱，报了名，领了书，站在旁边的一棵大树的树荫下等我。剩下我一个人孤零零地站在登记的女老师身边，身上穿着洗得发白打着补丁的衣服，脚上穿着硬塑料凉鞋，一只鞋的鞋面已经裂开了口子，另一只的鞋底因为断裂被母亲拿去找镇上修鞋的老王用烙铁焊过。我低着头，双手不停地摆弄着手指，不敢说话。女老师看着我，和蔼地说："喂，你这个小家伙来干什么的？是来玩还是来报名念书？"我点点头，如同蚊子哼似的小声说了句："念书！""你大名叫什么？"我茫然不知所措。她看我不说话，笑着摇摇头说："你姓什么，总该知道吧？""姓徐！""叫什么？""我家里人都叫我三保！""好了，那你以后就叫徐三保吧！你自己要记住哦！""学费三块五！"我窘得满脸通红，结结巴巴地说："我大大说，现在……没钱，以后给！"女老师迟疑了一会儿，又看了看我说："先把书领回去，记得上学后赶快交学费！"我感激地点头，翻开书本用力地嗅了嗅散发的书香，心里有说不出的激动和新鲜。只不过学费拖了半个多学期才交上！虽然到了后半学期，书本已经破得不像样子，有些书页都已经脱落，但我还是把掉落的书页放在母亲缝制的布书包里，舍不得丢，不像有些同学把它叠成小船或飞机玩耍，早已不见踪影。后来我才知道这位女老师姓谢，教别的班语文，每次见到我总是露出淡淡的微笑。

上学的第一位语文老师是位二十刚出头的小伙子，姓查，只教了我们一年就调走了。他的长相在我的记忆中已经模糊了，只记得他在六一儿童节说的相声。说的是外甥给舅舅写信，本来写的内容是：亲爱的老舅，您要好好养病，不要随意下床。由于"舅、病、床"三个字都不会写，每一个字画了像鸡蛋一样的圆圈代替。最后舅舅收到信后内容是："亲爱的老'蛋'，您要好好养'蛋'，不能随意下'蛋'！"查老师使用抑扬顿挫并略显夸张的语调，当时让年少的我们笑得前俯后仰，眼泪都流出来了。

　　第二位语文老师是一位性格温和、长相甜美的女老师，姓方。瘦长的个子，瓜子脸，丹凤眼，一头乌黑的披肩长发，只是牙齿有些参差不齐，所以她大笑时习惯性地用手轻轻地掩着嘴。她不仅教我们语文，还教我们美术和音乐。方老师的歌声特别圆润甜美，她教过的歌我至今还记得几首。有一次夏天的午后，我头趴在桌子上午睡，调皮的同桌总是不停地"骚扰"我。他不是拿从野地里摘来的狗尾巴草挠我的耳朵，就是用折来的树棍敲击着桌面，惹得我心烦气躁，几次警告过后，他做了一个鬼脸，跑出教室，我终于进入了甜甜的梦乡。睡得正香时，突然听见有人用棍子轻轻敲打课桌，我顿时暴跳如雷地大吼一声："烦死人，你敲个鬼啊，欠揍吧！"顿时引得哄堂大笑，我仔细揉眼一看，方老师手握教鞭正站在我的课桌边，强忍住笑，看着我，什么也没有说，转身走上讲台，正常上课。剩下我如坐针毡，根本听不进去老师在讲什么内容，但方老师像什么也没发生一样。从那以后，我再不敢在课上睡觉了。

　　毕业班那年，学校分来了两位刚从师范学校毕业的男老师。一位姓吴，教我们语文；另一位姓林，教我们数学。教语文的吴老师是副乡长的小儿子，教书很有激情，也是性情中人，上课很认真。由于学校条件简陋，两位老师经常利用休息时间，骑自行车去乡镇用油墨为我们印试卷。每次做完后，他们对难题都认真地讲解，直到我们弄懂。若是天气晴好，两位老师经常在放学后带大家去学校后面不远处的小山上郊游，让我们感受大自然的清新，课下和我们如兄弟般无拘无束地玩在一起。偶尔吴老师心情愉悦，会利用放学前的半堂课时间给我们讲通俗版的《史记》，评定历史人物：对那些行侠仗义即使失败的英雄人物毫不吝啬地赞美、同情；对那些阴险毒辣、心胸狭窄的人则给予无情地批判。经常让我们听得如醉如痴，下课铃响竟没有一人起身离位，纷纷央求老师继续讲下去。但毕业前吴老师去另一位老师家喝酒，酒过三巡，最后发现对方竟用白开水和他喝，借着酒劲厉声质问，最后气得一拳打在玻璃上，手背划伤，十几天没来学校上课。本来校长对他的一些做法就心存异议，但碍于他父亲，没有说。最后他在众人的劝说下，草草写了一份检查，继续来学校上课。让两位老师欣慰的是，当年毕业班的成绩在全乡名列前茅，我个人也以非常优异的成绩名扬全乡。

整个小学生活就是在那一排破旧简陋的瓦房里度过的，我从一个什么都不懂如一张白纸的小孩，有幸遇见几位性格迥异但都认真负责的老师，在充满童趣和快乐的校园生活中，让我对未来的人生有了懵懵懂懂的期盼！

我的怕和爱

从小到大，怕，有时候就像甩不掉的影子一样跟在我身后，不时地显露出来。小时候害怕孤独，怕孤零零地没有可以依靠的伙伴，怕失去家庭的温暖，像一个人独自走在荒漠里；长大成人后经历了人世间的沧桑变化，害怕美好的人和事，还没来得及好好体会和珍惜，便在某一个瞬间从身边滑落凋零，永远不再回来。

我八九岁的年纪，初秋的一天，父亲把我带到了村口一排低矮的草屋牛棚前。父亲领着我进了自家的牛屋，牵出我家和几个叔叔家共养的健壮的大水牛。我看见年纪相仿的伙伴都熟练地从自家的牛棚里牵出牛来，父亲和几个稍大的伙伴打招呼说照看一下我，因为我是第一次放牛！临走前，父亲摸着我的头说："三保，你和他们一起去放牛吧！"然后指着牛凹下去的胃说，什么时候看见牛这里鼓起来了，牛就吃饱了，就可以牵回来了。我点点头，生平第一次放牛的心情还是有些激动，一路上和小伙伴们有说有笑，牵着牛去了离家有两三里路的小山坡上。山坡上主要是我们村的坟场，坟堆的中间空地上长着茂密的野草，山坡的周围也种一些大豆、山芋。我学其他伙伴的样子把缰绳放掉，任牛儿自由自在地吃草，和伙伴们互相照看一下，不让牛吃旁边种的庄稼就可以了。

和几个伙伴在一起打闹玩耍，安静的山坡上只能听到我们几个放牛的小孩叫喊打闹的声音。时间悄悄地从我们的叫喊打闹声中溜走，等到夕阳挂在山边，其他人牵着牛往回走，有一个吆喝着我一同牵牛回家。我看了看父亲指的牛胃依然没有鼓起来，摇了摇头说："我大大（父亲）说了，要牛吃饱才能回家吃饭！"其他人又劝了几句，见我无动于衷，只好牵着牛先走了。我依然坐在草地上，玩我带来的几颗小石子，不时地看看牛吃草。

天渐渐暗了下来，远处的村庄慢慢模糊了，我突然抬头环顾四周，已经看不见一个人，只有我家的牛还在不紧不慢地吃草，还有几座隆起的坟茔。我顿时恐惧起来，慌忙站起身无助地四处张望，仍然没能看见一个人影。我吓得哇哇大哭，伸手摸了摸牛胃，依然没有鼓起来，只是快平了。我死死地抓住牛缰绳，畏缩在牛的身边。突然耳边听见父亲一遍遍急切地喊我的小名，我连忙哭着应答。父亲很快跑到我身边，一只手牵着我，一只手帮我牵牛缰绳往家走。父亲不停地安慰我不要怕，也不要哭了。他叹了口气说："你怎么这样傻呢？别的小家伙都回去了，你为啥不回去呢？"我用手擦了擦眼泪，委屈地大声说："大大，不是你港要牛胃吃鼓起来才牵回去的吗？我怕牛没吃饱你又要骂我干一毫事情都不着！"父亲摸了摸我的头，吸着劣质香烟，不知是被烟呛得还是我话呛得一阵剧烈的咳嗽，苦笑地看着前方，无奈地摇摇头。

后来听母亲无意中说起这件事，父亲背地里念叨了好多回，父亲总是喃喃自语："我有那么凶吗？我很少打小家伙呀！"母亲说："你是老虎不吃人，恶相难看，虽然不打，但发火的声音半个村子都能听见，骂起来没个完。"父亲被说得低头无语。父亲后来发火骂我时，嗓门不自觉地大起来，但他似乎想到了什么，声音渐小，不再反复唠叨，虽然满脸怒容，但还是摇摇头走了。这是我记事以后第一次真正感到怕的经历。

上班工作后，伯父的去世对我影响很大。伯父是个盲人，我从小就陪伴他。每次回到老家，我都去伯父老屋坐坐，和他闲聊生活中的琐碎，看见伯父慈祥的面容总让我内心安详。我询问伯父的身体状况，他总说还不错，让我放心，叮嘱我在外面上班多注意身体，一定要把心放宽，凡事不要钻牛角尖，尽力就好。有一天我正在上班，突然接到哥哥的电话，得知伯父去世的消息，简直不敢相信自己的耳朵，因为我才从老家回来不到十天，走的时候和伯父打招呼他还好好的。哥哥在电话中哽咽地说伯父是因为到池塘洗东西，不慎滑落到冰冷刺骨的水里而发生的意外。我拼命地赶回家奔丧，跑到伯父家，看见伯父已经静静地躺在门板上，脸上盖着草纸。

等到伯父下葬，送走前来吊唁的亲朋好友，我再回到伯父家熟悉的老房子里。屋里的摆设依旧，我少年时代亲自油漆的小木桌有些地方已经开裂，但依然静静地摆放在屋子中央。这个小木桌，曾经是我整个小学和中学生涯努力学习的地方。那时我在小桌前昏暗的灯光下学习，伯父在旁边的长凳上编织草鞋陪我。墙上挂着伯父生前织好的草鞋，出门敲打地面探路的几根竹棍依然放在墙角，而伯父却永远不会再回来，这个屋子从此空了，永远没有了主人。我看着这些熟悉的物件，和伯父在一起相处的很多往事顿时涌上心头，一种无以言表的伤感和恐惧占据了我内心，伯父那样一个鲜活的生命消失了，居然离我这么近、这么熟悉！我经常梦见自己有一天也会在唢呐的吹吹打打中一去不复返，而活着的人依旧平静地生活，渐渐没有我的一丝丝印记。我半夜惊醒，妻子熟睡在身边，轻轻地发出均匀的鼾声。我躺在床上，再也无法入眠，脑子里恐惧地胡思乱想。后来我读了很多书，特别是陶渊明《挽歌》中的"死去何所道，托体同山阿"。自己安慰自己，人和自然本身就是一体的，我拼命地工作和学习，让自己的大脑每天甚至睡觉时都装得满满的，才慢慢地从恐惧中走出来。

现在年迈的父母已过古稀之年，依然居住在老家农村。我在城市上班，回去的次数不多。有一次回老家，看见父亲苍老的脸上有一道刚刚结疤的长长的口子，我的心猛地一沉，连忙问父亲什么原因。父亲用手摸摸脸，有些不好意思地说没事没事！我又追问母亲，母亲叹了一口气说："前几天，你大大（父亲）蹬着小三轮车去地里拖山芋，不晓得怎么搞的，车子翻到旁边的水沟里，刮破了脸，胳膊和腿都拉破了！幸亏被村里的小平看见了，当时你是不知道啊，你大大满脸是血，差点把我吓晕了！到医院一查，幸好只是皮外伤！"我激动地说："你们为什么不打电话给我呢？"母亲苦笑着说："你哥哥姐姐都赶回来照顾，是他们不让打电话，说没什么大事，三保一个人在城里上班不容易，省得让他挂念！"我连忙恳切地劝父母要注意身体，都这把岁数了，田地里的庄稼活搞不动就算了。父母都呵呵地笑着说没事，干了一辈子歇在家里不习惯，况且种些蔬菜省得花钱买，也给你们减轻点儿负担。我心中却想起伯父去世的意外，心中不免有些伤感和害怕。我现在最怕哥哥姐姐毫无征兆地打来电话，害怕带来父母不好的消息。我怕下次回家再也看不到年迈的父母日渐苍老的身影，看不到他们开心地笑着站在村口迎着我回来；我怕再也没有人仔细地端详我胖了还是瘦了，亲切地呼唤我的小名；我怕再也没有人坐下来和我聊聊生活中琐碎的小事，静静地听我发些牢骚话，并心疼地用枯瘦的手扒一扒我渐渐增多的白发。

女儿上小学高年级，周末上各种兴趣班，她总是认为自己已经长大，坚决不让我送她，坚持一个人来回。每当到了她应该回来的时间，我总是在阳台上焦急地张望她回家的路。等待的时间一长就担心，倘若打她手机没有人接，我的内心就会紧张不安，心生无端的烦躁，渐渐产生恐惧，生怕女儿在回来的路上有个闪失，电影、电视里出现的无数个可怕的镜头在眼前浮现。我心中一边安慰自己想得太多、太坏，现在是和谐社会，而且女儿渐渐大了，经常坐车来回，应该会照顾自己；但另一个念头又从心底冒出，毕竟女儿上小学，还是个孩子，电视上、新闻里意外事件天天发生，如果真的发生意外怎么办？我只是不停地打电话，直到听见她漫不经心的娇嗔回答才稍稍安心。甚至有好多次我冲到公交车站找她，直到看见女儿那娇小、活泼的身影远远地出现在我的视线里，才长长地舒一口气，笑着哼唱一曲有些走调的流行歌曲。

我经历了很多恐惧和害怕的场景，努力让自己的心境从容淡定一些。这些经历，让我更加珍惜和父母及女儿相处的日子，享受着天伦之乐的美好；珍惜和朋友同事相谈甚欢的时光，这是人生越来越稀缺的财富；珍惜每一次努力的过程，无论成功和失败，每一个细节我都好好用心体会，因为每时每刻都不可复制。这些财富等到我老了再慢慢品尝，都是人生的一种难得的深切回忆！

贴 财 神

每当我看见大街上、桥洞下眉头紧皱的中年或老年男人，用一把旧二胡拉着凄美动人的曲调，身前放着一只或大或小的瓷盆时，便会毫不犹豫地掏出几元零钱，低下身来，轻轻地放在小盆里，心中祈福他能多一些收获，情不自禁地想起自己小时候过年贴"财神"的经历。

过了农历正月初三，俗称"三历年"，按我们家乡的风俗习惯，大年已经过完！初四清晨，我和小姑家的表弟发，带着印好的"财神"及糨糊，轮流搀扶着伯父，去外村贴"财神"。

每到一户人家，只要看见家中有人，表弟便走到门前扯着喉咙喊："财神财神来拜年，银（荣）华富贵万万年；财神一到，元宝滚进来哦！"伯父接着说："祝宝宅一家老少，身体健康，百事一顺，万事如意！"他们说的时候，我立刻用准备好的糨糊在这家大门的门框上贴上"财神"。善良淳朴的村民和拜年的客人大都坐在门口笑着看我们表演。主人大都会痛快地给上二分钱或者五分钱图个吉利，也有的村民不给钱，拿出一块糯米团子或者几块炒米糖等，伯父会小心翼翼地分类放在布包的各个口袋里。

晚上在伯父家昏暗的灯光下，我和表弟清点一天的"战利品"，伯父坚持把钱三个人平均分，虽然一天走了很多路，有些累，但我和表弟还是激动地在伯父简陋的土屋里大喊大叫地跳起来庆祝。

第二天，伯父叮嘱不要到昨天去过的村庄，我和表弟嘴里满口应承，但年纪尚小，走着走着又走到了一处昨天去过的村庄。到了一家砖墙红瓦、粉刷一新的大门口，晒谷场上的长条木凳上坐着几位穿着崭新衣服的男人，正在一边晒太阳闲聊，一边嗑瓜子、嚼着糖。我们过去贴"财神"的时候，里屋出来一个长脸小眼睛、身材肥胖的妇女，手里拿着一块糯米团子，皱着眉头满脸不高兴地大声说："昨个（天）来了，今个（天）又来！天天来哪有那么多？唉，拿着快快走！"表弟接过糯米团子，她厌恶地使劲挥挥手，自己转身回里屋忙去了。门口喝茶的一位头发花白的中年男人感慨地说："一个瞎子，带着两个小家伙也不容易哟！要不然也不会大过年的出来靠门边贴'财神'了！"另一个年轻的男人抖着二郎腿，嘴里嚼着糖厌恶地说："大过年的就出来讨饭叫街，烦都烦死了，像苍蝇一样赶都赶不走，走了一个又来一个，还让不让人过年啊？"我的心情一下子像掉到冰窖里，浑身发冷地打了个战，眼睛呆呆地盯着说话的年轻人，昨天晚上数钱的喜悦荡然无存！

路上我一遍遍地问伯父："二伯，难道我们贴这个，跟讨饭差不多啊？"伯父开始沉默不语，后来被我问得多了，就小声地解释说："你别听那个人大过年糟扯，我们又不偷不抢！"再到人家门口，我贴的时候再也没有昨天的精神，每次都草草了事！回到家后，任凭表弟怎么劝说，我再也不愿意出去贴财神。伯父也没有劝我，只是默默地坐在拐角的矮凳上，喝着一杯用劣质的粗茶泡出来的热茶。

转眼过去了三十多年，但我每年春节一个人独处的时候，贴财神的场景依然会历历在目，成为我人生过往中的一段独特体验，心中充满着感恩，对街头艺人多了一份尊重和理解！

照 黄 鳝

小时候每年夏末秋初，家乡大部分稻田里的庄稼都已收割，秧苗刚插下不久，只要晚上天气好，我便陪着哥哥去农田里照黄鳝。

哥哥在下屋里找来废弃的旧木头，用家中旧斧头砍出两个相同长度的木片，找来几片碎碗片一遍遍地刮皮和修磨，直到两个木片长短大小几乎一样。又厚着脸皮到村里唯一的胖子木匠家，央求他帮忙用转子在木片上转一个孔。又跑去乡机械厂寻找到大小合适的废旧螺丝。回家后用铅笔在木片上画好留齿的位置，全神贯注地用小刀小心地挖出一个个锯齿。做好后，又用夹子试着夹了几次如黄鳝粗细的草绳，看看效果。哥哥看着自己亲手完成的作品，脸上露出了得意的神情，好像一名杰出的工匠耗尽心血完成了一件完美的作品一样。哥哥又将家中的煤油灯用铁丝绑好，固定在一根长长的木棍上，为了防风吹，还要用白纸糊好灯罩。

一切准备就绪，哥哥一脸认真地和我商量，要我帮他打下手，卖黄鳝的钱攒起来，也给我买一些喜欢的东西。当夜幕降临后，我们脚上穿着破旧的解放鞋，走在松软狭窄、长满杂草的田埂上，哥哥握着绑着煤油灯的木棍走在前面，我提着蛇皮袋和黄鳝夹紧紧地跟在后面，我们仔细地搜寻着水田里能看见的每一个角落。皎洁的月亮挂在天上，薄如柳絮的白云在空中缓缓地流动，空旷的田野里除了四处乱飞的萤火虫在一闪一闪地发光，还有此起彼伏的蛙声不知疲倦地叫着，不时吹来夹杂着泥土和青草气息的微风，让闷热的夜晚比白天多了几许凉爽。随处可见星星点点照黄鳝的光亮，田野里不仅能照见黄鳝、泥鳅，也有憨憨的田螺，鼓着肚子的青蛙，还有身上有条条红斑的细长的红练蛇。我们发现一条黄鳝安静地躺在水田里，心中一阵窃喜，我左手拿着灯，哥哥屏住呼吸，小心地将木夹对准它的身子中间，迅速地向水田中的黄鳝夹去。黄鳝被夹住后，我赶紧用右手打开蛇皮袋，配合哥哥把黄鳝放进去。倘若不小心惊动了黄鳝或者没有夹中部位，它顿时打起一个浑浊的水花，迅速地钻到泥水里，看不见踪影，留下我和哥哥站在田埂上一个劲地摇头叹息。

照黄鳝除了被又大又多的蚊子叮咬外，最让人害怕的事情是有时脚下踩上一个软软的在移动的东西，倘若是青蛙，不过是虚惊一场；如果是一条土蛇，我会吓得颤抖地惊叫，但立刻被沉稳的哥哥呵斥胆子小，不像个男子汉，然后我们快速地离开那条田埂。

每天忙到深夜，回到村边，村子里已经非常安静，辛劳的人们早已进入梦乡。调皮的我喜欢到村口的池塘边照照看，经常能看见有虾、小鱼或者螃蟹静静地卧在水中的泥土上，我并不想打扰它们，只是默默地盯着它们看一会儿。

每天将照来的黄鳝倒进一个废弃的旧水缸里，攒到周末哥哥骑着家中那辆破自行车去县城卖，攒起来的钱终于够我和哥哥每人买一双皮凉鞋和一些我们爱吃的美食。我和哥哥穿着崭新的凉鞋，嘴里吃着平常奢望的零食，相互开心地笑着，忙碌了一季的辛劳都成为美好的回忆！

捉鱼往事

周末的傍晚，朋友叫我去分享他的"战斗果实"，我提着活蹦乱跳的鱼，闲聊说交钱给鱼塘主人，不会亏本吧！朋友笑着"数落"我说："落伍了吧！现在钓鱼钓的是个心情，钓的是个情趣，否则交的钱足够买鱼了，干吗还骑车跑那么远？"我呵呵地自我解嘲已经"顽固不化"了，脑子里想起一些小时候捉鱼的经历。

初秋的午后，我和伙伴小刚每人牵着一头水牛，走出村庄，到邻村的一条小河边，看见河堤周围野草茂盛鲜嫩，便松开缰绳，让它们尽情地吃个痛快！我们在周围玩耍，看见河堤附近田边有条水沟，不时能看见鱼儿打花的身影，便顺着水沟往前探寻，在一块田地拐角处，发现一个小水荡子，有鱼花儿翻动，我和小刚相视嘿嘿一笑，决定把这个小水荡子斛干，顺便把这条水沟也"扫荡"一下！

我负责看牛，小刚气喘吁吁地拿来渔网、鱼篓子和小瓷盆。我开始还有一股热情，轮番斛了好一阵儿，用网在里面赶了好几下，没发现大鱼的影子，只网到几条看不上眼的小鱼和泥鳅。我看着搅动得浑浊不堪的水荡子，以及自己身上、衣服上的污泥和污渍，嘴里嘟囔着想放弃。小刚满脸怒火地说："早干吗去了？害得我跑得一头的汗！格（这）么老远拿东西来，你却要放瘫！你要不干，现在就给我滚蛋！"说完拿着瓷盆赌气似的低头继续猛地斛水，我被他骂得无话可说，把心一横，干脆斛到底，有鱼没鱼都认了！最后竟捕到一条近尺长的大鱼和不少小鱼、小虾、泥鳅。

夕阳西下，我和小刚来到村口的池塘边，却为分鱼争得不可开交，都想要那条大鱼。正好母亲来池塘边淘米洗菜，笑眯眯地要我拿小鱼小虾，小刚自然高兴得连蹦带跳地拿着大鱼走了！我气得把分来的鱼虾往地上一撂，嘴巴噘得老高！母亲边清理鱼虾边说："小三保哎，跟人在一块儿做事，千万不要处处讨强，让人三分不吃亏！其实鱼大就落个好看，小鱼小虾味道还鲜些！"我听着母亲的话，似乎觉得有些道理，只好作罢！母亲的这些话和平常教导我们不要处处逞强的处事原则，还是深深地影响了我的为人处世。

记忆最深的是夏天午后，我们一帮半大的孩子全跳进了村口的池塘，在水里嬉戏打闹，尽情地撒欢。玩够了，塘中的鱼儿也被赶到了四周。我们顺着池塘边开始摸鱼，池塘四周栽满了柳树，给池塘的水边留下许多绿荫。我们不会轻易放过一个树根交错的地方，因为鱼儿喜欢躲在里面。有时候脚底下踩到一条鲫鱼，踩着不动，生怕惊动它，然后一个猛子下去双手把鱼拿出水面在同伴面前炫耀，倘若思想一放松，手中的鲫鱼瞬间哧溜挣脱开去，引得周围的伙伴们一阵哈哈大笑。我有次不幸摸到一只螃蟹，手指被它强硬的蟹脚咬出血来，只好悻悻地爬上岸，嘴里咕哝着今天运气太背！我蹲在树荫下，用另一只手按住，同伴急急忙忙地到附近人家找来布头裹住。过不了一会儿，我看见同伴在水中捉到一条鱼在炫耀，心里顿时痒痒的，忘记了手上的疼痛，忍不住又跳进水中摸鱼。只有在上岸回家后，一个人看着手上的伤口，才觉得仍有些疼痛。

长大后，儿时的伙伴大都为了更好的生活，如同散落在天空中的星星去各个城市上班或者打工。偶尔在老家碰见，看着曾经稚气的脸上已经写满了沧桑，说起童年时代有关捉鱼的经历，都忍不住呵呵地笑出声来。虽然脸上的褶皱很深，但都露出开心真挚的笑容，瞬间消弭了彼此心灵的距离，仿佛又回到那个纯真美好、无忧无虑的时光中！

农　忙

　　"早怕露水，中怕热，晚怕蚊子早早歇！"这句顺口溜是我家乡勤劳的农民嘲笑夏天农忙"双抢"时给自己找各种理由偷闲的懒汉形象的生动写照。

　　最忙的"双抢"季节，也是家乡一年中最热的季节——农历六月。所谓"双抢"就是为了赶在立秋前将早稻收割回家，还要将晚稻秧苗栽插下去。小时候农村条件差，夏天酷热，晚上蚊子又多，和我年龄相仿的十几岁少年，都躺在晒谷场的竹制凉床上纳凉，深夜在大人的催促下，才迷迷糊糊地上床睡觉。每天天色微亮，还在睡梦中的我，便被父亲一遍遍地催叫，甚至发火，才不情愿地从床上爬起来，打着哈欠，嘴里咕哝着："这么早就起床去田里干活！"但是我出了家门，到处是早起勤劳的身影。池塘边妇女们有的在淘米洗菜，有的在洗衣捶裤。农田里已经随处可见忙碌的人们，有的在拔秧，有的在割稻，也有的在安装小型打稻机，大家都想趁着凉快多做一些事。

"双抢"季节的劳动一般都是亲戚或是邻居间相互协助完成。清晨要赶着天气凉快，在田里忙上一个多钟头才回家吃早饭。上午空气中偶尔还会飘来阵阵凉爽的微风，让忙碌的人们感觉一丝丝惬意。大人们忙着割稻、打稻、插秧，和我年纪差不多的少年大都跟在大人们身后拔拔秧、抱抱稻蒲，或者在门口的晒谷场上看看鸡、翻晒打回来的稻谷。那时的我，由于在家是老么，上面有哥哥姐姐，顶着毒辣的太阳，噘着嘴不情愿地到田里忙一会儿，不是割稻划破手就是抱稻蒲时扭到脚。溺爱我的母亲便找个理由，安排我回家看鸡，翻晒稻谷，我顾不得疼痛，高兴得连蹦带跳地溜回家，经常惹得比我略大的哥哥一阵不满和争执。

　　母亲每天起得很早，天空中还挂着几颗尚未隐去的星星，便悄悄地摸索着来到安静的池塘边，仔细地浆洗着全家人换下来的脏衣服。回家晾晒好，接着忙一家人的早餐。母亲白天还要在田里劳作，晚饭后，大家都已休息，她拖着疲惫的身体收拾洗刷十几个人的碗筷。整个"双抢"期间，母亲的眼泡因为疲劳和睡眠不足始终肿胀着。父亲除了白天干繁重的农活，晚上还经常要用电泵从河道里抽水到田里，经常困得午饭后坐在门槛上，刚才还在说话，转眼间已听见鼾声，嘴里还叼着没抽完的半截纸烟。

　　在田里忙碌了一上午的人们，拖着疲惫的身体回家吃午饭。毒辣的太阳直直地烤晒着大地。空气中没有一丝风，乡间泥路上的土块被晒得发白，赤着脚踩在上面如同在炙热的火炉上烤，田里的水也被晒得发烫。树木被骄阳烤得无精打采，树叶都蔫蔫地耷拉着，狗儿躲在树荫下热得直吐舌头，知了在树上求饶似的不停地叫唤。田间地头这时很少有人，大家躺在凉床上、坐在树荫下，或者干脆斜靠在门槛上打个盹，稍稍休息一下。

当午后的阳光稍稍柔和一点，人们又开始忙碌起来。下午三四点钟主人都会送一些点心，大都是糖水泡炒米或者摊好的香脆面饼，家里经济条件好的还会送一些西瓜。大家躲在田边的树荫下，一边吃一边用草帽当扇子摇摇，嘴里咕哝着这鬼天气。倘若是一团乌云如同打翻的墨汁一样飘过来，霎时遮住了太阳，黑云愈聚愈多，天很快暗了下来，狂风呼呼地刮着，马路边、晒谷场上到处是低飞的蜻蜓。我们在家看鸡的小孩和家中忙着烧饭的妇女就赶紧用稻耙收晒谷场上的稻子。田里的人们光着脚，向晒谷场奔跑，大家七手八脚地忙着把打好的稻谷收成堆，迅速地用扎成把的稻草或是塑料胶布盖好。"六月的天，小孩的脸，说变就变"，天空中顿时电闪雷鸣，一场暴雨像北方男人的脾气，豪爽且绝不拖泥带水——转眼间又恢复了晴空万里，大家继续到田里忙碌。一直要忙到夕阳西下，田里成群的蚊子和小蠓虫像一个个偷袭者，不时地侵扰着辛勤的劳作者。河道里、池塘边到处是十几岁男孩洗澡的身影，大家才收拾农具，拖着疲惫的身体收工回家。

这么辛苦的劳动，再吝啬的人家也会摆上一桌丰盛的晚餐。人们心情愉悦地喝着啤酒或者汽水，谈论着今年的收成，开着粗俗却无伤大雅的玩笑，享受着一天最放松的时光。饭后匆匆地洗漱完毕，困意渐渐地袭向每一个辛苦的劳作者。他们眼皮重得像挂着铅球一样睁不开，打着哈欠，早早地入睡。第二天，生活周而复始地继续上演，直到忙完"双抢"，紧张忙碌的生活才能缓下来，让疲惫劳累的身体好好放松一下。对于那些田多地偏，家中又尽是老人小孩、劳动力少的人家，眼瞅着立秋一天天渐渐逼近，大家一般会主动帮忙，让主人紧锁的眉头像自由飞翔的鸟儿一样舒展。

我真正意义上参加农忙是中专毕业那年的暑假，姐姐刚分娩第二个小孩不久，姐夫接了一个工程走不开，他们根本无暇帮助我家农忙了。村子里和我年龄相仿的青年早已是农忙的主力军，看着父母日渐苍老的容颜，我毫不犹豫地从头忙到尾。开始几天尚好，忙到一半的时候，感觉已经累得筋疲力尽。有一次下午在田里割稻，汗顺着脸颊流到嘴里，咸咸的，腰累得酸疼，两只手好像安装的假肢，只是机械地做着割稻的动作。我看着偌大的一块稻田，脑子里突然闪过一个念头，希望像小时候一样找个理由溜回家，但看见苍老的父亲弯着腰，已没有了年轻时割稻的速度，但仍然慢慢地往前移动，身边倒下一抱抱稻穗，母亲头上搭了块毛巾，几乎双膝跪地慢慢地前移。我顿时为自己刚才的念头感到羞愧，浑身似乎不像刚才那么疲惫，加快了割稻的速度。在接下来的农忙中再苦再累，我都咬牙坚持，没有说过一声累，就像我的父母经常说的那样："再苦再累，坚持，坚持，就挺过去了！"母亲有时候说我从小到大，从来没有这么累过，像小时候一样叫我回去歇歇，都被我笑着拒绝了。经过一个"双抢"的忙碌，本来皮肤白皙的我，胳膊和脸都被晒得黝黑，但父母和同村的村民都说我真的长大了！

现在，故乡的年轻人都忙着在外地打工，田里的稻谷大都种一季，而且都请收割机一次性完成收割。小时候紧张而忙碌的农忙，渐渐消失在记忆中。我长大后在外地上学，毕业后留在了城市工作，整天为生活奔波，但勤劳善良的村民们淳朴互助的乡情，面对艰苦的"农忙"季节积极坚持的态度，以及父母给予的爱，深深烙在我的内心最深处，在困惑彷徨时鼓励我勇敢前行！

小时候的春节

　　小时候，过了腊月，天寒地冻，田地里的农活不大干了，家家户户都忙着为过年做准备，每个人的脸上都洋溢着幸福知足的微笑。大人们忙着杀年猪，做炒米糖、芝麻糖、花生糖等，或者结伴去县城买年货。村里的男人们用几台老式木质水车抽干池塘的水，捉来的鱼分到每家每户。又软又黑的污泥被勤劳的村民挖上岸，晒干，第二年的肥料就有保障了。我除了偶尔写写寒假作业以及和小伙伴们疯玩外，天天扳着指头盼望着过年。

　　日子在我翘首企盼中不紧不慢地挪到了除夕，草草地吃过午饭，父亲在菜地里摘来一些大蒜和葱之类的菜回家，便忙着用糯米熬的糯糊给家里的门贴上对联。对联是从镇上写字工整有力的老人摊子上买来的，姓什么我已经记不得了。那时候我还小，不知道写得好不好，只知道他写的字全乡有名。我听村里的大人都说老人写的字稳、厚，不像有些人写的字看上去轻飘飘的，像风吹过的树苗一样东倒西歪，尤其是几场寒风急雨一吹一淋，没过正月十五便掉了色，既不好看，也不太吉利。

每年腊月过半，老人都在旧供销社门口摆一张凉床和几条板凳，上面平放着对联，写得最多的对联是"福如东海长流水，寿比南山不老松"。老人瘦得像个竹竿，头发、眉毛全白，穿着一件旧棉袄，双手拢在衣袖里，淡然地看着来来往往的人。听大人们说老人经历坎坷，到老依然孤苦一人。我有时候好奇地看老头现场给买主写对联，老头写字时惹来围观的人一片赞赏。羡慕之余，我便买来墨汁，用废弃的作业纸照葫芦画瓢，怎奈功夫浅，写的字东倒西歪。我甚至几次想拜老头为师，好好学习写毛笔字。但是自卑腼腆的我，最终还是没有说出口。只是我每次经过时，驻足多看几眼，总是非常羡慕，就像饥饿的孩子看到货摊上诱人点心的滋味，现在想起来也是一种遗憾。

父亲还会细心地在猪圈、鸡笼甚至村口的牛屋都贴上"六畜兴旺"，在稻仓贴上"五谷丰登"等吉祥的红纸条。当然这些纸条上面写的字舍不得买，父亲要我拿着红纸找村里读过几年私塾的本家叔叔来写，字写得还算周正，主要图个吉利，希望来年有一个好的收成。我最喜欢和哥哥姐姐去镇上的供销社，买来电影和戏曲剧画贴在堂屋的土墙上。忙完了这些，父亲带着我和哥哥夹了几道草纸，提着一个小竹篮，竹篮里摆放了几碟祭品及几挂短鞭炮，去二三里远的小山头上祭拜祖坟。每到一处祖坟，父亲便告诉我祭拜的人是谁，叫我和哥哥跪下来烧纸，他拿出祭品，用夹在手中的香烟点燃鞭炮；嘴里说着希望他们地下有知，感受到晚辈虔诚的祭奠，保佑我们一家人安康太平的话语。父亲一再神情严肃地叮嘱我们，不管过多少年都不能忘了自己是他们的子孙，不要忘了自己是从哪里来的。我有时候会好奇地看着墓碑上刻的大字以及旁边的小字问父亲，父亲总是很耐心地解释。此时空阔的山头上只有星星点点和我们一样祭拜的人，都在大人的指点下跪拜着烧纸。母亲和姐姐在家中的土灶前，忙着一年里最隆重、最丰盛的除夕晚餐。

等到我们上完坟回家，太阳已经偏西，耳边响起此起彼伏的鞭炮声。父亲领着我和哥哥去土地庙敬香。土地庙在村口田边的一棵大槐树下面，路上来来往往都是敬香的人，小小的土地庙门前全是鞭炮燃尽的残渣。有一年我好奇地低下头，仔细看看低矮的庙里供奉着一对一尺来高的石头人——土地公公和土地婆婆。石头人雕刻得栩栩如生，一脸的慈祥，面露微笑，如村里善良淳朴的老人一样。我长大后去过很多寺庙，看过很多供奉的菩萨，表情都距离我们生活很远，再也没有看见如家乡土地公公和土地婆婆那样看着亲切温和。我伸手轻轻地摸了摸土地公公的脸，被父亲喝住，我赶紧缩回了小手。父亲狠狠地瞪了我一眼说："你这个小家伙，土地公公也是你能用手摸的？"说完赶紧朝石头像鞠躬请罪，希望他们原谅小孩子的年幼无知。我心里满不在乎，心想：不就是一对石头人吗，还拜得这么认真？父亲理了理身上的衣裳，高举着一炷香，虔诚地拜了三拜，口中念念有词，祈福来年风调雨顺、五谷丰登。

回到家，父亲在门口的晒谷场放了一串长长的鞭炮后，便关上大门。天近黄昏，父亲拽亮了家里堂屋的灯泡。母亲和姐姐端上烧好的美味佳肴，奶奶和盲人二伯早已被请到桌上，一家人满脸喜悦地边吃边聊。桌上总是少不了两样菜，一碗是肉末和着糯米搓成的丸子，用家中的菜籽油在大锅里煎一下，外面黄澄澄的，吃起来外脆里嫩，寓意一家人团团圆圆；另外一盘是一整条鱼，寓意是年年有余，这盘鱼从正月初一到十五只要家中来人拜年吃饭，都会端上桌，而且母亲一再叮嘱我去亲戚家拜年，这碗鱼千万不要动。奶奶、父亲、二伯喝着白酒。快八十岁的奶奶，满头白发，却收拾得一丝不乱，安静地坐在大木桌最上方的位置。虽然奶奶牙齿几乎掉光，但精神依旧很好，笑着说："什么是好啊？一家人平平安安就是好！什么是福？子孙满堂、和和气气就是福喽！"盲人二伯和父亲点了点头，母亲附和着："那是，那是！您老人家说得全对！"奶奶满足地咧着嘴，开心地笑着。我和哥哥姐姐吃得肚子滚圆，换上崭新的衣服，眼巴巴地看着父亲。父亲拿出准备好的从银行换来的新毛票，依次递到我们手中，并说出希望我们要好好念书的话，奶奶和二伯也给了压岁钱。听到外面渐渐稀疏的鞭炮声，知道大家年夜饭都已经吃得差不多了。我虽然内心焦急想出去玩，但还是耐着性子等长辈们吃完饭，因为有一次冒失地往外跑，被母亲喝住，在我耳边小声但严肃地批评我应该知道最起码的礼节。

年夜饭一吃完，姐姐收拾桌子，母亲忙着炒瓜子、花生，我打了个招呼，在母亲"不要孬费"的嘱咐声中便飞奔出了家门。我跑到村里找小伙伴一起放鞭炮，比着谁兜里的压岁钱多，谁的钱新，谁今年穿的衣裳漂亮。有时候跑到邻居家，邻居叔叔逗我说，大年三十吊在门框上，来年个子长得高、长得快，我不假思索地整个人双手吊在他家的门框上荡秋千，惹得邻居家婶婶笑着说："三保以后个子肯定不会矮，赶紧下来吃糖！"或是跑到几家有电视的人家，看看电视节目。倘若是平时，女主人会不大高兴，甚至冷着脸，但是今天晚上是过年，大家都希望人多热闹。女主人竟然会主动端来瓜子热情地给我们吃，让我们这些小孩既有些激动，又有一点恍惚，我甚至会轻轻地掐一下自己的大腿，确认是不是真的。我吃着瓜子，眼睛盯着电视，有时会因为电视里的节目开怀大笑，甚至激动地从板凳上站起来，口中情不自禁地叫出声。

直到旁边的伙伴惊诧地看着我，我才知道自己失态，低头用眼角小心地看看主人的态度，轻轻地重新坐在板凳上安静地继续看电视节目。

父亲坐在自家堂屋大木桌的火桶旁边，悠闲地抽着香烟，嗑着瓜子，喝着一杯母亲自制的茶叶泡的茶，跟忙碌完的母亲闲聊着往年的收成和来年的希望。母亲累了，便洗洗睡了。有时候我玩累了回家，总能看见父亲一个人静静地坐在那里等待着新年的到来。父亲一直等到时钟走过十二点，耳边响起此起彼伏的鞭炮声，才打开大门（农村俗称"开财门"），放上一挂长长的鞭炮；再在门口点上一炷香；然后再去土地庙敬香，讨个好彩头。回家后父亲像完成了一个重要的仪式一样，心安理得地睡去。

第二天早上，母亲下好了面条（寓意长寿面）或是汤圆（寓意圆圆满满），挨个儿叫醒我和哥哥姐姐，起来享受新年的第一顿美味。

小时候一直这样过年，长大了参加工作也是这样过年，结婚后有了小孩还是这样过。有时我陪父亲一起说话，心疼地劝他睡觉去，我和哥哥来守夜，父亲不服老地笑着说："没事，没事！只要你能回来比什么都好！我身体好得很，年年这样都习惯了，你难得回来，去看看春晚，早点睡吧，明天还要去好多家拜年呢！"直到去年除夕，已过古稀之年的父亲在吃过年夜饭后，感慨地对着我和哥哥说："从今年开始守夜、拜土地神的事情就交给你们了。我如今儿孙满堂，岁数大了，也该享享清福了！"我和哥哥对视了一下眼神，郑重地点了点头，女儿和小侄儿仍然围在我的父亲面前问这问那，我看着父母满头的白发、佝偻的腰，心情一下子复杂起来。我心想，父亲再也不是那个为了我们的学费咬着牙去干工地上最苦最累的挑混凝土、走跳板、上二层楼高的壮年人了，也不是那个为了我和别的小孩打架大发雷霆的父亲了，更不是那个为了一些生活中的琐事和母亲争吵的父亲了。父亲变得温和了，也真的老了！

　　我和哥哥满怀着虔诚的心，认真地按照父亲往年的仪式走了一遍，心中感慨颇多，岁月就在这种接力的形式下慢慢地溜走，很多美好的精神和传统代代相传。想到此处，笑着看了看渐渐长大长高的女儿和小侄儿，满满都是温馨。

乡愁断章

几十年时光，如写满往事的日历，哗哗地在风中翻过。

故乡草木枯荣，季节轮回，生老病死，像一幅幅照片镌刻在时光里，诉说着村庄的往昔和变化。

每年回去，很少像小时候那样浸泡在故乡：抓根竹枝或小木棍，喊着冲啊杀啊，玩抓特务或寻找隐蔽的场所躲猫猫；在清澈的河道里扎猛子，狗刨似的划水；斜挎竹篮，打着挖野菜的幌子，踩在两边绽放金黄色油菜花的田埂上，追逐打闹嬉戏；在荒山坟堆放牛，躺在松软杂乱的草地上晒太阳，憧憬着未来的美好和理想。

生产承包到户，大人们围在偌大的晒谷场上，父母喜滋滋地挑回一担担黄澄澄的稻谷，倒进围成螺旋式篾盘的稻仓。平常空旷的晒谷场上，顿时挤满了人，叽叽喳喳地分配农具。稍大的农具，几家共伙一件，大都安排亲属或堂兄弟。我们家和几个叔叔家合伙养了一头健壮的水牛，我和几个堂兄弟按天轮流放牧，晚上牵进村口茅草盖的低矮牛屋中。

自我记事，不会为饿肚子发愁，菜园里栽种了鲜嫩的时令蔬菜；碗里油星子少，荤菜只在过年过节或来了重要客人才会在饭桌上见到；寒冬，菜园里一片凋零，饭桌上仅有咸菜和石磨碾出的红辣椒泥末。即使这样，我们家也可以勉强吃饱饭。

村里十几条草狗，白天四处溜达，在树下或墙根撒尿，做个记号，找几个狗伴凑在一起，打闹或相互嗅嗅气味。狗窝垫上柔软的稻草，安放在走廊里，晚上夹着尾巴，回到窝里瞪着眼睛，替主人看家护院。剩饭残羹倒在狗盆，吧嗒吧嗒吃得干净，意犹未尽似的舔舔破了口的盆沿。陌生人进村，一条狗惊叫，其他狗仿佛接到命令似的跟着吠，安静的村庄仿佛瞬间炸开了锅，喧哗吵闹。清晨，天刚露出一抹光亮，公鸡挺着脖子，仰着头，得意地打鸣，宣告村庄新的一天生活开始了。公鸡带领一群母鸡和尚未褪掉黄茸毛的小鸡崽们，在门口溜达，在草垛上飞起落下，跑到树下或院角草丛觅活虫吃。母鸡孵在窝里或自家草垛边咯咯地叫着下蛋，忙碌晚归的农妇找到新鲜温热的鸡蛋，给病人补补身子，或凑成整去街镇上换点油盐钱。母猪吃饱了，躺在下屋的猪圈睡觉，或摇晃着肥胖的身躯去泥荡子里打个滚，拱一拱泥巴。

村里低矮破旧的草房，屋顶偶尔有草籽随风飘落，春天一株株小草顽强地生长，在风中像旗帜摇曳，给土灰色的屋顶增添一抹绿色和生机。墙是土垒夯实的。盖房在村里是大事，周围邻居一片啧啧地口头赞叹和满眼的嫉妒。上小学时，村里陆续盖起瓦房，我家的草屋显得笨拙碍眼。父母着手筹划，去经济宽裕的亲戚家借点钱，找盖房经验丰富的工匠商量，从邻村木匠处租借了土基模子——四块平整的木板卯榫成口子形。我好奇，背着父母，偷偷地抚摸把玩，油漆斑驳掉色，泥浆沁进木板的纹理中间，仿佛一张张抽象残缺的画，估计模成了好几万块土基。父亲找来干事实在的亲戚，找准村中央土坡前的一块地，铲掉皮层烂泥，挖来干土，围成圈，倒上水，掺和杂碎的稻草、石灰，反复搅拌，泥巴如揉捏劲道的面粉。两人一组，拳头捶实，刮去余泥，拓成方正的土基。相邻几个晒谷场全是土基，排列整齐，远远望去，像一个个灰白的大火柴盒。晒干，去屑，在老屋的走廊码好。雇几辆小型拖拉机从瓦厂运来黑瓦，请盲人伯父掐指算算，翻出破旧的老皇历，哪天是动土造房的好日子。开工之日，大清早，放一挂长长的爆竹，图个吉利，清脆连绵的响声，向村人报个信。瓦匠、木匠，以及帮忙的小工，按序就位忙开，母亲和几个婶婶在奶奶家的厨房忙着一大帮人的吃喝。

　　我和小伙伴好奇地在门前屋后穿梭，凑热闹。木匠师傅的工具多，我们对弯曲蛇形的墨斗弹线最感兴趣，偷偷拿到旁边的空地上，在废弃的小木头桩上弹玩，被父亲和叔叔喝骂，依然不改，四处跑窜。墙砌好，在粗壮笔直的木头做成大梁准备吊架时，系上鲜艳的红布，村庄的焦点和目光聚集，四周早已站满了围观的人群，甚至干农活的都卷起裤腿跶上鞋，慌不迭地从田地里赶来。蹲在屋梁上的手艺人抽着烟，龇着牙，咧嘴笑，停下手里的活。父亲清了清嗓子，站在房屋正中间，脸上露出生命中少有的庄重和骄傲，在众人羡慕的起哄声中，学着其他家办大事的样子，清了清嗓门，大声喊："上梁了！"瞬间爆竹、冲天炮震撼响起，溅起淡淡的灰尘和纷纷飘落的纸屑。梁上不停地往人群中抛撒一粒粒糖果、圆形的"换团"、单支的香烟，引发更多的叫喊和起哄，祥和喜悦的气氛笼罩着村庄。

母亲对着镜子梳了梳头发，理了理衣裳，牵着我的小手，迈着轻快的步伐，笑容从心里流淌，喜悦和骄傲写在脸上，拎着装满糖果和"换团"的袋子，从村头挨家挨户散到村尾。不论关系好坏，连曾经吵架翻脸的也笑脸敲门，主人双手捧接，嘴里说着"恭喜、恭喜"。习俗流传很多年，不知谁家盖楼，省去了这道程序，渐渐地变成了私事。楼房盖了一栋又一栋，人与人之间的互动和温暖气息如同紧闭的铁门隔断，再也回不到从前的融洽和谐。

夏天傍晚，太阳偏西，阳光没中午那么毒辣，烦人的小蠓虫和蚊子还没出来叮咬。我们瞅准了田埂边的水沟，透过水面，起伏的泥巴中有很多竹篩眼大小的透气孔，带一个小铁盆和鱼篓，捞泥前后筑坝。戽干水，扒翻烂泥，一条条泥鳅在手里挣扎蹦跳，甩进鱼篓里。母亲油煎，舀一勺家磨的红辣椒泥，撒上剁碎的香葱，外脆里嫩，辣乎乎的，鲜而不腥，父亲就着泥鳅下酒，剩下的汤，泡饭也是人间美味。

正值农忙"双抢"，酷暑难耐。栽插下的禾苗被烈日炙烤，耷拉着脑袋，一棵棵病恹恹东倒西歪。田地干裂，像嗷嗷待哺的婴儿，张开嘴要水喝。从脚踩木质水车哗啦哗啦，到电水泵嗡嗡地响，河水像被不知疲惫的蛟龙猛喝，渐渐见到水底的轮廓和面貌。我和伙伴抓着各种网在水里搅和，来不及回家拿网的赤手顺着树根摸鱼，捉到后，折根柳条穿上，扔在岸边，或干脆衔在嘴里。水里的鱼被赶得不得安宁，四处逃窜，甚至蹦出水面，惹得田地里干活的劳动力也红了眼，急匆匆赤脚跑回家找网，加入逮鱼的行列。妇女、小孩站在岸边，见谁抓到大鱼，就大声吆喝鼓掌。走路蹒跚穿着开裆裤的小孩，赤脚在水边捡拾别人无暇管的小鱼小虾玩。河道上人声鼎沸，鱼渐渐被抓得不见泛浪花，各人带着或多或少的战利品，笑嘻嘻地回家。不良村民持电瓶打捞，甚至半夜向河道洒敌敌畏，毒翻鱼儿漂头，捕捞贩卖。沟塘里的鱼被打捞得断子绝孙，很少翻水花。近几年，政府加强河道治理，慢慢恢复了往日的生机。

江南雨水多，乡村大都是土路。因为家里贫困，除了冬天和上学时穿鞋，我都是赤脚走路。雨停，踩下去，留下一串串深深浅浅的泥坑。小时候最大的乐趣，便是去晒谷场或弯曲土路边浅窄的排水沟里筑坝。先来的抢占上游的有利位置，很快吸引了众多伙伴，一道道水坝像微缩的河流治理图。抠挖泥巴填筑，讲究的蘸水一遍遍地把坝体抹得光滑、齐整，中间挖个洞，瓦片作闸。下游的筑好，没水，嬉笑着叫上游放水。伙伴赚足夸奖，轻轻拔起瓦片，浑浊的泥水缓缓流下。倘若捣蛋，偷着猛放水，下游瞬间溢满，泥巴被冲得七零八落，瞅着辛苦建成的堤坝被毁坏，眼泪鼻涕一起流，满手的泥浆顾不上洗，在脸上揩抹，像个画符的泥像，光着脚丫撒娇地跺着脚。大的伙伴哄着帮忙重建，甚至哥哥跑来帮忙，快乐或争吵声在村中央回荡。耳边响起父母回家吃饭的呼喊，拔腿跑开。留下一座座小小的堤坝，默默地等待着小伙伴，仿佛风雨中伫立在村口，期盼游子归来满头白发的母亲。

冬天村路泥泞，胶鞋踩下去，掀起一堆泥，溅起的泥浆沾满裤管。脚上的旧胶靴大多补过，粑上一个个椭圆形的橡胶补丁，难免有点儿渗漏，找伙伴玩，脚冷，身体发寒。家家有高脚，所谓高脚，锹把粗的木头离地一尺高左右卯榫按上脚踏，做成一对。穿布鞋或棉鞋，踩着高脚，在村里闲逛，自由行走，技术掌握不好，容易摔跤，弄得鞋子衣服都是烂泥，惹来大人责骂。

冬天冷，闲下来，清坐在屋里。旧门板的缝隙、纸糊的窗棂间，针尖大小的眼，斗大的寒风四处钻灌，想着去陶瓷厂买火坛或火盆。挑个晴好的周末，搀着盲人伯父出村庄，顺便当当地敲着铁铃算命。走近半个小时，到陶瓷厂附近的马路边，户户用碎片或烧变形的坛罐砌成院墙，在厂区四周转悠一圈，帮几个人算命。临近中午，去远房亲戚家吃完饭，再去窑厂，处处是满脸汗水、穿着单薄小褂的强壮男人，忙着埋头制坯、码货，晒干的坯子堆好，装水的缸、腌菜的带盆沿的坛、盛饭的盆、焐脚的带把火坛、弯嘴如鸭脖的茶壶等成品都按类归放，每堆贴上红字手写醒目的价格表，随处可见变形或烧得夹生废弃的陶器。我仿佛走进陌生而新奇的世界，惊喜地四处张望，到处摸摸，仔细挑买几件。回来后，在小伙伴面前夸张地描绘。陶瓷厂几度沉浮，现在退出了历史的舞台。

腊月过半，过年的气氛渐渐浓烈。杀年猪的门口，早早地排起了挎竹篮子的长队，无须拖到镇上卖，称得差不多，剩下的过个丰年，是对一家人一年辛苦的犒赏。条件艰苦的全卖给肉贩子，换成钱，裁布做衣裳、打年货。晒干的糯米粒伴着挑好的铁砂，在滚烫的大锅里来回搅拌，瘦瘪的颗粒像贪婪吸收露水的花骨朵儿，渐渐绽放，饱满白净，舀起来滤掉铁砂，一粒粒圆溜溜的炒米像珍珠似的堆满木盘。熬得像缎子光泽的黑黄黏稠的糖稀，散发出诱人的香味。我像个馋猫不停地咽着口水，在锅边不停地哼着哀求，母亲抓根筷子捞点糖稀让我解解馋，在哥姐羡慕的眼光中，伸出舌头贪婪夸张地吮吸。年画，特别是连环年画，盛行一时。哥姐在意，跑到供销社左挑右选，常常发生争执。姐姐中意戏曲的，哥哥喜欢武打的，折中意见，各挑一半，堂屋两边墙壁贴上崭新的连环年画。记忆较深的有《玉堂春》《哪吒闹海》《三打白骨精》《岳飞传》，过年去别的伙伴家玩或拜年都留意墙上的年画。现在随意敷衍买几张，贴在门上增添一点节日喜庆的气氛。

村庄在乡镇边，农闲逛街买东西的人多，临街的村民脑子活泛，摆起台球室。也有的把房子干脆租给了蒸包子、开理发店的。我慢慢长大，帮父母在镇边卖自家种的甘蔗，偷扣点钱也去打台球。同村人，闲的时候打都是半送。我渐渐入迷，放学钻进台球室，打到关键球，手心冒汗，球杆比画击球位置，眯眼瞄准，倘若球进，就松一口气，露出开心的笑容；没打进或力量把握不好，懊悔地摇头跺脚，不停地拍大腿。对手打球，紧张地捏紧球杆，眉毛皱到一起，默默地念叨打不进。谁赢了比赛，高兴地咧嘴，雀跃拍手。现在台球早没有人玩了，换成游戏厅和麻将室，像深不见底的无底洞，把小孩和大人吸进去，不能自拔。

供销社运货，农技站的农药、化肥、尿素，货车开到门口的马路边，需要扛进去，码好。生产队长和负责人交涉多次，吵到乡政府，决定给我们村卸货，定好每吨价钱，让读过几年私塾的远房堂叔领分。货来，瞧见的喊几嗓子，在家劳动力愿意去的都去，各自记好名单，找堂叔登记。每月结账，按人分配，堂叔跑腿记账扣一块钱。几年相安无事，另一位远房堂婶慢慢地觉得不对劲，偷偷找人问询了供销社和农技站细账。堂叔再分配时，堂婶站在桌边，斜着眼，撇嘴不屑地说："好像不对吧！"堂叔叼着烟，气呼呼地把账本摔桌上，嘴里嘟囔："不服你查，天天又是讨账又是算，跑得像狗颠，烦死人！"堂婶把打听到的数字念了一遍，指着鼻子吼骂："一个村的，干这种没屁眼的事！"堂叔自知败露，但仍死不认账，扔掉嘴里的半截烟，拼命碾碎烟丝，骂骂咧咧地说诬陷好人，却涨红了脸，低着头转身走开，从此结账又换了一个人去。

十字路口是全乡最繁华的地带：摆横条木案，卖肉的；水桶前放置案板，卖豆腐干子的；起个炉子支油锅，炸油条糍粑的；张罗几张桌子和板凳，开水炉子冒着热腾腾的水汽，卖面条馄饨稀饭的；半夜去县城兑菜白天卖的，熙熙攘攘，人来人往。农民种的菜多，吃不完，天未亮就在菜地里忙活，蔬菜新鲜水嫩，叶上残留未干的露水，歇下担子，抓杆秤卖，中午还卖不完，等不及，便宜倒包给摊贩，早点回家。也有挑担晒干的茅草或小树棍的，满脸是汗，抓着破草帽沿扇风，焦急地吆喝着买家，好换成钱，带点油盐回去。天气好，人声嘈杂，叫卖声、讨价还价声、牢骚声、吵架骂街声混合在一块，声音传得很远。现在有固定摊位，菜市场在背街的大院。

故乡的村庄，不少老房子依然在，住着已年过古稀的父辈。子孙大了，旁边盖起了高大敞亮的楼房，老房子就显得低矮破败，仿佛穷亲戚站在体面光鲜的富人旁边，局促寒酸。前几年，在村口田边见到一位父辈，腰佝偻得厉害，脸上的皱纹密深，夹杂着褐色的老年斑，耳聋眼花，远远地喊一声，凑近仔细瞅，才知道是我，亲切地打招呼。村里的狗，少、秀气，没有以前吵闹、凶猛，绳子系住，圈养在门口，无聊地用爪子挠挠脖颈，呆呆地望着过路的陌生面孔。鸡鸭这几年发瘟过频，村民习惯去镇上买养殖的做菜，便宜省事。

这几年，父辈们一个接一个先后去世，长眠于放牛的山坡，坟墓越来越多，墓碑越来越考究。老屋破败，堆放着农具，甚至推倒重盖楼房，为下下代做准备。有的打工挣点钱，干脆去县城甚至市里买房安家，偶尔像我一样回来探望老迈的父母。

池塘很少清理，浅窄、堵塞，甚至干脆填平，被旁边的住户堆放杂物。这几年，河道治理，挖得深直，河水恢复了往日的清澈，河堤两旁用水泥片石砌成，宽且固，汛期涨水，浪涛汹涌，仍存有决堤的忧患。妇女们在河边水泥跳台上淘米洗菜、槌洗衣服，是一张张陌生的面孔。河堤边装了路灯，建成三角亭，供拆迁来的安置楼房居民休闲遛弯。

走在村中的小路上，迎面碰到的年轻人大都不认识，母亲在旁介绍他的父母或爷爷奶奶，从陌生善意的笑脸里搜寻上辈的遗传。滋养我十几年的故乡，梦里渐渐模糊缥缈，却像巨大的磁铁，吸引在外漂泊游子的思念。

亲人们

我的蒸汽机车生涯

我学的是蒸汽机车专业。

上中专前，蒸汽机车只在电视里见过，轰隆轰隆地冒着浓烟。

第一次去学校报到，颠了几个小时的汽车，赶到火车站，才知道唯一直达的列车到半夜才有。等车无聊，显摆地拿着入学通知书，问年轻的女站务员我学的专业具体可以做些什么事。长相姣好的姑娘，看了看我，又瞟了瞟通知书，笑着指了指停在车站黑乎乎扑哧作响的蒸汽机车说："嘞，就是开那个的！"

快毕业时，蒸汽机车在全国成淘汰趋势。最后一学期的乘务实习，在干净省力的内燃机车上度过。到单位，整备场不少冒烟的蒸汽机车，让我心里堵得慌。

第一次跑车，是深秋的傍晚，凉风习习，我拎着饭盒，挎着装满换洗衣服和洗漱用品的帆布包，早早地到机车计划调度室。看着上、下班进出的乘务员们，有些紧张，心中揣测师傅们是什么样的人。终于来了，一行三人，迎上去做自我介绍。三个人都朝我笑笑。其中一个身材魁梧，脑袋略小，三十多岁（后来我才知道他是司机）。他盯着我，上下打量，问我是不是刚从学校分配来的，我笑着点了点头。他夸了几句："哦，难怪看着书生气！我们几个，是退伍招工来的，现在来了个'正规军'！"我摆摆手，急忙说："哪里，哪里！学校里教的都是死东西，没实践！"心里有点儿得意，嘴上却客套。

上了车，司机叫我跟着一个脸上长着好多痘的年轻人，他是司炉。我以后顶岗作业也是从司炉开始，一步步参加考试，直到成为火车司机。我每天像尾巴一样跟着司炉，他不停地要我注意脚下的路，上下机车一定要站稳抓牢。天色渐晚，我站在司机室里，随机车缓缓驶出了单位。邻线几台机车进出，车上的乘务员远远地咧着嘴，露出白晃晃的牙齿，踩着汽笛打招呼。偌大的编组场，三三两两的列检挥着手中的铁锤干活，股道里整齐地停满车辆，不时有火车轰隆隆地牵着像积木一样的车辆驶离。我有些激动，挂上车辆停下后，尝试着拿锹往炉床里投煤烧火，却被司机拦下。他摆摆手说："不急！不急！以后火有的给你烧，这个往返你先学会在车上站稳。"放下锹，我没言语，有些不服，乘务实习我在学校跟过，不过是内燃机车罢了。蒸汽机车开起来晃动颠簸超出想象，我虽努力站稳，还是被晃得前后摇摆，醉酒似的，只好拽住司机座位后的把手，不敢松开。所谓把手，是用铁条焊的 U 形槽，挂个袋子之类，车子开起来取用方便。抖动稍小，我站起来，还是摇晃，走不稳，像站在水中摇晃的小木盆里，踉踉跄跄，几近跌倒，烧火的司炉仿佛背后长眼睛似的，一把抓住我的肩膀，我的手本能地扣住司机室门闩。站稳后，被扣的手指上留下一个红红的印痕，隐隐作痛。我只好坐在司机座位后的小铁凳上，不敢轻易再动。几位师傅在车上如履平地，扒煤，烧火，拉水阀，该干啥干啥。

学员生涯由那一扣开始。跟在司炉后面，看他如何给油、润滑又不至于泼洒，巧劲儿烧火。在公寓休息时，师傅们闲聊、打牌、喝酒，偶尔也逛逛街。我除了逛街，喜欢独自待在公寓里看书。司炉斜叼着烟，不时地吐着烟圈，吊儿郎当地教导我："累得像孙子一样，看书有屁用，脑子要转转，单位不是学校了。"司机笑着骂司炉："看书好！人噶（家）要上进，不跟你一样混吃等死！"

司炉在县城混了几年，招工上了铁路。教我烧火时，一脸坏笑："上床要摸两个奶，烧火要烧四个拐！四个拐压住，煤撒开，撒均匀，涨汽涨水！"司机骂他："人噶三保童男子，文化人，港（说）话文明毫（点）！话港回来，话糙理不糙，是那么回事。"

跟车学了一个多月，放单机（只有一个火车头，不拉货）或者拉货少时，师傅们会让我练练手，我卖力地烧火。一次，我烧了好一段路，汽水顶住了。中间站停下来，我满头大汗，累得用手捶腰，满意地歪靠在座椅上，心想能出师了。司机看了看我，踩着炉门阀，仔细看炉床，长叹一口气，说："三保啊，你理论港得都对，炉床烧得有山有水（指坑坑洼洼），差得远！今天煤好，不然早烧得汽水直掉，用毫心！"他叫我站在旁边看，从握锹、铲煤，到如何借助惯性把煤抛进。他认真示范，耐心讲解，一遍遍纠正我的姿势。我心里"咯噔"一下，不停地摇头叹气，满心沮丧，自己把事情想简单了。

　　日子一天天过去，冬至过后，下了场大雪，天刚放晴，路边有许多未消融的积雪。半夜，候班楼开着暖气的房间里，我睡得正香，做着美梦，却被叫班的小广播一遍遍地催促。我气得噘着嘴，摇摇头，猛地将枕头一摔，咕哝着不情愿地裹紧沾满煤灰油渍的棉袄，起来上班。师傅们好像习惯了没白天没黑夜随时工作的状态。整备场上空空旷旷，呼呼的风吹打在脸上冷飕飕的，说话都能看见彼此嘴前模糊的水雾。

　　那天煤斗里装的是粉煤，一锹煤撒到炉床中很快化为灰烬，不涨汽水。火车跑了一多半路程，煤斗下面的煤不多了，司机叫我从司机室爬上去挖煤往下扒，并叮嘱得站稳，一定要站在煤斗中间，注意脚下，火车还开着呢！

我爬上煤斗，清冷的月光照着脚下黑乎乎的煤，低洼处有一撮撮没融化的雪。周围的村庄笼罩在夜色里，偶尔滑过的灯光，才感觉那黑乎乎一团的是些住家。煤斗没遮没拦，冷风鞭脸上麻麻木木，寒气顺着颈子灌，鼻子冻得发酸生疼。我禁不住打了个寒战，手一松，锹掉在煤上，心猛地一惊，骂了句"该死的天气"。煤冻得如石块一样硬，我一仰头，工作帽又被风吹掉了，在空中翻了几个跟头，飘进茫茫的黑暗中。缩缩脖子，裹裹衣服，我抡起铁锹又劈又砍，忙了半天，松了一小块，往下戽。手已冻得不听使唤。由于用力过猛，我打了个趔趄，用锹撑住，吓出一身冷汗。师傅们都在司机室里忙碌，不能让他们觉得我是个废物。好歹熬到进站停车，师傅们赶紧喊我下来。我擤了擤鼻涕，使劲拍了拍冻得僵硬的脸，蹲在炉门边，炉床的热度让冰冷的身体感觉暖和。我伸出手烤，酸溜溜地涨疼，好一会儿才能伸展自如。脱下手套，有斑驳血迹，手心几个血泡磨通了，粘住手套。我咬着牙，轻轻地撕下来，钻心地疼，泪水含在眼里，怕人看见，侧身低头用袖子擦掉。

　　跑车的线路有很多内燃机车，不时传言要转型。我心里盼望着，蒸汽机车是让我们锻炼了解一下。车间还有偏远的线路和固定调车机是蒸汽机车，一位领导意味深长地说："这帮小子在蒸汽机车上没干几天，没'蒸'透，得好好'蒸蒸'！"

我和同学继续到蒸汽机车上班，眼馋地看着师傅们上了干净轻松的内燃车。

第二年，我谈恋爱了，开销大，想让收入高一点儿，于是努力表现，终于顶岗司炉。最初，安排我到调机上替请假的职工一个月，这台调机距离单位较远。我拿好饭盒，带着洗漱用品，高高兴兴地去上班。司机和副司机都是四五十岁的老师傅，干了十多年，按他们的话说，闭着眼睛都不会走错：电线杆、道口、小路，早已烂熟于心。晓得我才单干，照顾得多，有点儿危险的活都不让我弄。

第三个班，车开到厂矿专用线，附近是村庄。车停下来。有位扎着灰毛巾的中年妇女，提着盖了布的竹篮和一只编织袋，像爬自家楼梯一样熟练地爬上机车，竹篮在司机旁一墩，也不跟谁打招呼，撸了撸袖子，顺手抄起煤堆上的锹，铲煤往编织袋里装，仿佛是自家的田地。"你干吗？下去！"我吼了她一声。她被惊吓到了，触电般放下锹，脸上挤出巴结人的谄笑。见我板着脸，她求助似的瞅了瞅司机和副司机。他们不说话，狠狠地抽烟。司机瞟了我一眼，眨了眨眼睛，气氛顿时很尴尬。我瞪了司机和副司机一眼，把饭盒往椅子上猛地一丢，又吼一声："下去！给我滚下去！"司机朝那女人扬扬手，她慢吞吞地倒出编织袋里的煤，不情愿地下了车。我拿起竹篮扔给她，竹篮的盖布掀开了，是荤素搭配的饭菜。

司机室里一片沉默，只听见机车漏气的嗤嗤声和远处街道音箱传来的流行歌曲。我瞟了一眼司机和副司机铁青的脸，摇了摇头，反复想着刚才的事，机械地一口一口慢吞吞地吃着饭，嚼不出半点儿味道。司机似乎想到了什么，笑着说了个小荤段子，打破了沉闷的气氛。

一个多月后，我被安排在一台蒸汽机车上正班。也是冬天，机车故障，晚上被甩在一个车站的偏僻线路上。我靠在炉床边取暖，看着满天的星星，心想好不容易顶岗，指望多挣点钱，如果下岗了，女朋友那里如何交代，以后的工作该怎么办，回老家如何向父母解释，咋这么倒霉。周围是稻田，一片空旷，一座座孤零零的草垛矗立着。月光笼罩中的村庄，很安静。断断续续有轰隆隆的火车通过和偶尔几声隐隐约约的狗叫。

顶岗后，一个萝卜一个坑，不像当学员时有师傅们照顾。夏天，爬上司机室，潮热的蒸汽和锅炉散发的热浪瞬间笼罩了我，手臂上的汗珠如气泡似的越聚越多，额头上的汗顺着头发往下淌。轮到我烧火，先把一大杯冷开水，咕噜咕噜一口气灌进嘴里，抓铁锹撅屁股埋头烧火，踩开炉门时，散发出的热浪炙烤得脸颊发木。出汗多了，用搭在肩上的毛巾擦汗，反复擦，擦得脸上皮肤红通通的。烧火时，衣服被汗透湿，仿佛从水塘里刚爬上来；瞭望时，被炎炎的烈日和热风烤干。反复循环，衣服上结成了如地图似的白色盐斑。车一停下，我拿着水瓶，四处找开水，躲在阴凉地，喘口气，抓着帽子扇风，暂时远离司机室的"桑拿浴"。下班洗澡后，我累得筋疲力尽，胳膊仿佛不是自己的，躺在公寓床上，从包里翻出本书，字没看几行，困意一阵阵袭来，不停地打着哈欠，努力揉揉眼睛，眼前的字渐渐模糊，眼皮重得无法睁开，握书的手便松开，很快进入梦乡。醒来发现腿和胳膊上鼓起好多小红包，又痒又疼，几只吸得胖乎乎的蚊子贴在蚊帐上，估计是吃得太饱，飞不动了。

　　冬天，女朋友上午到单身宿舍，想给我一个惊喜。我上班熬了一整夜，脑子空空，浑身发软，脚像踩在棉花上，头发像蓬乱的鸡窝，煤灰满脸，裹着脏兮兮的大棉袄，斜挎着帆布旧包，低头啃着半块馒头，正准备把包送回宿舍拿拖鞋洗澡。猛一抬头，女朋友站在宿舍门口，她穿了件红色的呢子大衣，像团火焰，乌黑的头发盘起来，用俏皮的蝴蝶发卡夹住。我一惊，做梦似的，擦掉嘴边的馒头屑，龇着嘴巴尴尬地笑。女朋友表情复杂，盯着我上下仔细看了半天，长叹一口气，接过我的包，想笑却笑不出来。她后来拿这个形象揶揄我像流浪汉或乞丐，说要是当时没认出来，说不准还施舍一枚钢镚呢。我沉默半天，苦笑说："远看像个要饭的，近看像个收破烂的，仔细一看才知道是机务段的！"

我动手能力弱，有时烧火顶不上汽，司机不得不放慢车速，工作帽斜戴在头上，手搭大闸把，猛抽烟，板着脸鄙视地瞥我，叹气骂："搁（这）是现在，换着以前，烧不上汽，大脚早踹屁股上了。"

又多干了近一年，白的水汽，黑的煤烟，蒸汽机车在钢轨上穿梭，我在那些熟悉的油煤味里钻进钻出。块煤、粉煤，甩进炉床燃烧，一双手套磨破，换一双新的，一件背心沤烂了，穿另一件，在一旧一新的替换中，我的手上长满厚茧，臂膀更加结实。

手拽汽把远了，浓烟滚滚远了，我和蒸汽机车的老师傅们，转型换上内燃机车，结束了蒸汽机车生涯。

父　亲

　　不久前，我又回到渐渐有些陌生的故乡，匆匆下了汽车，快步走到村口，远远看见老屋门口一个熟悉忙碌的背影，有些佝偻，穿着朴素得有些寒酸的旧衣服，脚上穿着一双半旧的解放鞋，远看近乎谢顶的头上稀稀疏疏地只剩下几根白头发，正在门口的水泥晒谷场上低头忙着翻晒打回来的稻谷——我知道那是我一辈子不太注重穿着、勤劳善良的父亲。

　　自从记事起，每天我从睡梦中醒来，父亲都已早早出门，不是到田头除草，就是到地里施肥，经常要等到天快黑的时候，才拖着疲惫的身体，肩上扛着一把锄头、铁锹或是一担空粪桶回家。父亲既不能像四叔那样边干边琢磨，从一个普通的泥水匠慢慢地变成了承包几十万元工程的包工头；也不能像五叔那样幸运地当上了大队里的电工，还学会了修农村里抽水用的水泵和电动机等农用机械和电器。父亲是个标本式的中国农民，只会起早贪黑地在田地里辛勤劳作，农闲的时候在工地上做些小工补贴家用。家中的经济条件比其他叔叔家要差很多，我和哥哥姐姐的穿着自然比堂弟堂姐差一大截，和他们同去亲戚家，经常会被那些势利的亲戚忽视和冷淡。我幼小的心灵除了在心里痛恨那些亲戚们的势利外，免不了会埋怨父亲，为什么不像几个叔叔那样有本事。

哥哥初中毕业几年后，和堂哥合伙开了一家汽车修理铺，但是生意很一般。转眼哥哥就到了谈婚论嫁的年龄，看着同村年纪相仿的男青年，父母早就为他们盖好了上下两层、粉刷一新的楼房，而我家仅仅盖了两间一层的平房，还欠了不少债。哥哥在相亲过程中这"硬件"的差距，经常会被人提起，让哥哥羞愧得抬不起头来，一次次相亲都无功而返。那段时间哥哥经常和父亲发生争吵，父亲也感到很无奈，父亲以前也喝酒，这时喝得更厉害了，经常烂醉如泥！清醒的时候，有时也和我倾诉："三子，我也很希望我能多挣几个钱，像你几个叔叔一样，但十个手指头伸出来，还有长短呢，我能供你们读书，把你们养大成人，已经不容易了，我又不是好吃懒做的人！"后来父亲在家里大多选择了沉默，天天依然平静地过着"日出而作、日落而息"、忙碌在田间地头的生活。

年少的我，不懂得生活艰辛，心中竟然对父亲有了一份轻视！后来等我长大成家后，经历了很多事情，渐渐懂得人世间有很多事情是无奈和无力改变的。像父亲这样勤劳善良、快乐简单地活着，也未尝不是一种很好的生活方式。

成家后因为种种琐碎的事情，回老家的次数渐渐地少了。但是每次回到老家，年逾古稀的父亲看见我，总是咧开那只剩下几颗牙的嘴，开心满足地笑着。虽然头发像深秋里渐渐落光的树叶，却让我感到一种踏实和温暖，一种如故乡田土般平静祥和的幸福！

母　亲

　　周末的午后，忙活好从培训班补课回来的女儿，突然手机响了，是姐姐的电话号码，接起来却是记事以来最熟悉亲切的母亲说话的声音。母亲在电话中说好久没有看见你回来，也没有听见你的声音，有些挂念，刚好今天你姐回来，就叫她给你打个电话，在外要多注意身体，你忙，就挂了吧。我连忙说不忙，心中一阵愧疚，已经好一阵子没回家看望年迈的父母了。

　　初二下学期，我沉迷于镇上电影院放映的武侠片，成绩一落千丈，期末考试竟有几门主科都挂了红灯。在同校上学的哥哥的"告发"下，父亲第一次因为我的学习成绩大发雷霆。母亲轻轻地把我拉进卧室，忧心忡忡地看着我说："三子，你真要好好地念书，不然以后还要重复你大大的命，种田你也知道，好累好苦的，人做事要有志气！"母亲期望的眼神让我羞愧万分，她的话我牢牢地记在心中，努力学习，终于考上了当时令人羡慕的中专。

上中专时，生了一场噩梦般的疾病。刚生病的时候，正好赶上农村炎热繁忙的"双抢"季节。母亲白天辛苦地在农田里忙碌，傍晚拖着疲惫的身体往医院赶。为了省钱给我看病，每天都步行十几里赶到医院来照顾我、安慰我。当时医院条件差，病房里只有一台吊扇在有气无力地转动，母亲坐在床边用芭蕉扇为我驱蚊纳凉。我在母亲扇着的轻柔均匀的微风中踏实地睡去，却不知道母亲什么时候休息的。只知道每天醒来母亲已经把我的早饭买好，布满血丝的眼睛里满是疲倦，一阵细心叮嘱后，又走十几里路回家忙着干农活。年少不懂事的我，只顾着自己的痛苦，有时还冲母亲无端发火，根本没有体会她来来回回的辛劳和内心为我的担心和煎熬！

那一场病反反复复了一年多，母亲带着我看遍了大大小小的医院，都不见效。我的心情变得异常灰暗，经常无端地朝她发火，说一些极端的话，甚至自暴自弃。母亲总是耐心地劝慰我，一定要坚强，人一辈子不会都一帆风顺，这只是老天给你的一点儿小小的磨难，很快就会好起来。母亲继续四处打听帮我治病的好办法，而我对看病内心渐渐有了抵触情绪，母亲近乎哀求地劝我一定要试试，总说是病只要找对路肯定能治好。家中经济再拮据，她总是想着法子做几样新鲜可口的菜肴，连哄带劝地让我吃下。我的治疗终于有了起色，脸上恢复了往日的红润。母亲的身体却日渐消瘦，脸上的皱纹越来越深，两鬓的白发不知不觉像寒冬清晨的薄霜，增添了不少。后来我的病彻底治好了，暑假去舅舅家。舅舅叹口气说为了我的病，母亲背着我不知流过多少眼泪，有几次母亲绝望无助地在外婆的坟前号啕大哭，倾诉着内心的委屈，质问外婆为什么这么狠心不保佑她的外孙，让他受这么多痛苦折磨，舅舅和舅妈含泪劝了好久，才让母亲止住哭泣。

母亲虽然没有读过书，但她自己却是一本大书，教会了我做人要善良、做事要坚韧的品格。小时候母亲竭尽生命中的所有，呵护着我的成长；长大后母亲默默地在远方挂念着我，为我祈祷平安幸福！

谁言寸草心，报得三春晖。

那盏煤油灯

　　最近回老家，陪母亲边闲聊边收拾渐渐废弃破败的老屋。我突然看见窗台上有一盏布满灰尘的煤油灯，瓶身是玻璃的，煤油早已风干，灯芯灰暗。我用抹布小心地擦拭着，仔细端详。母亲看了看，笑着说，这个东西早没用了，现在偶尔村里电房跳闸停电，但是时间不会很长，很快就会修好通电。停电的时候都用蜡烛或者蓄电池灯凑合。我望着手中擦去灰尘的煤油灯，感叹小时候它可是家家户户晚上照明的必需品，陪伴了我整个青少年夜晚的时光。

　　我刚刚记事，天擦黑，大姐已经不让我和哥哥到处玩耍，老老实实地待在家里。姐姐烧好了饭菜，端放在家中堂屋的大木桌上。我们姐弟三个围坐在木桌旁，守着一盏煤油灯，安静地等待父母回来。我有时会趁姐姐不注意，偷偷夹一筷子菜放到嘴里，然后低下头慢慢咀嚼。如果被姐姐看见，她会假装生气地瞪我一眼，大声地说："就你好吃，大大（父亲）

妈妈还没回噶（家）！"我做个鬼脸，赶紧跑到门口，看看有没有父母的身影。有时是风吹树木的声音，有时是院子前路人行走的脚步声，父母总是在我焦急的等待中疲惫地回到家。一家人聚在煤油灯下，父亲依旧会悠闲地喝上一杯打来的散白酒解解乏，和母亲闲谈农村里的人和事，我和哥哥姐姐不时地插上几句话。大家坐在大木桌边吃饭，煤油灯的光似乎一下子亮敞了许多，家中也热闹起来。现在想想，当年那些有说有笑的场景，也是很温馨的画面。

我上小学和初中的时候，村子里停电是常有的事，晚上我在盲人伯父家的煤油灯微弱的光亮下，认真地做作业，累了，揉一揉眼睛，伸个懒腰，看一看后院。倘若是初秋，村庄旁边稻田里的阵阵蛙声不时地传来，远处还能听见几声狗叫，月光如水洒在后院，院子里的树影在微风中摇曳。伯父在旁边的长凳上编织草鞋陪伴我，有时夜深，我正在埋头做作业，精神疲惫，突然电灯亮了，满屋子顿时感觉明亮起来，仿佛是另一个世界。我精神一振，似乎有了一份意外的收获，哼着小曲，熄灭煤油灯，小心地放在窗台上，以备明天再用。伯父拿出家中陶罐里的锅巴，让我边吃边休息放松一下，和我闲聊几句。然后我继续做作业，一切又恢复安静。

我看着陈旧的煤油灯和眼前日益苍老的母亲，心中思绪万千。煤油灯曾经照亮了一个孩子顽皮懵懂的岁月，也见证了少年时光刻苦学习的身影。随着社会的发展，它慢慢地退出了人们生活的舞台。但是煤油灯下的一幅幅画面让我受益终生，慰藉着疲惫前行的心灵。

奶　奶

　　从我记事起，年逾古稀的奶奶就和盲人二伯父一起生活，住在两间土墙瓦房里，屋后有一个泥巴和着稻草堆砌成院墙的小院，院里有几棵泡桐树和椿树。

　　奶奶一生经历了清朝末年、民国、新中国，很小的时候就嫁给爷爷做童养媳。听父辈们说，爷爷只知道每天天蒙蒙亮就起床，像一头老黄牛一样勤勤恳恳地在田地里辛苦地劳作，甚至农忙时经常晚上把灯笼挂在牛角上耕田。奶奶是一个很有主见的人，在兵荒马乱的年代，那些溃败逃散到我们村的国民党散兵游勇到处抢劫。有一次，他们冲到我家门口时用枪托砸门，叫嚣着如果不开门就一把火烧了房子。爷爷是一位勤劳木讷甚至有些胆小的庄稼人，看见这架势吓得浑身发抖，搓着手，跺着脚，不知如何是好。奶奶说当时她让爷爷和几个大孩子到后院躲起来，自己手上牵着一个、怀里抱着一个小孩，强装镇定地打开门。我当时幼稚地问奶奶："你当时不害怕啊？"奶奶呵呵地笑着说："怎么不怕？我身上的汗毛孔全吓得竖起来了！但为了过日子，也没办法啊，只好硬着头皮应付！"奶奶面对手中拿枪、凶神恶煞的几个士兵努力地挤出笑容说："几个大兄弟想必也是饿得没有办法，才会敲我们老百姓的门！"其中一个当兵的扬了扬手中的枪，恶狠狠地说："废什么话，老子们在前线打仗，你们在家里享福快活！还不快快把好吃的拿出来，要不老子的枪可不是吃素的！"奶奶低声说："你们看看我噶（家）的破房子，也不是有钱的主，你们这些兵爷提着脑袋打仗，不就是希望你们噶的父母小孩不遭罪、不受欺负，过个安稳日子吗？"说得几个士兵表情柔和了下来，奶奶放下惊恐无助的小孩，把家中小米缸扛了出来说："对不住了，噶里就这么多了，还有这几个讨债鬼，催着要七（吃），我这个孤儿寡母也不晓得怎么活啊？要不然你们干脆把我们用枪打死算了！"说完两行眼泪流了下来，几个士兵被奶奶说得也动容了，取下随身携带的米袋，只倒了半袋米，米缸里剩下一些，转身走了，以后再也没来。我和几个小伙伴像听故事一样被奶奶当时的勇敢机智深深折服，长大后自己经历了很多事，更是觉得奶奶不易！

土改的时候，当时家里靠着爷爷不知疲倦地辛劳和奶奶勤俭持家，终于有了几亩田地。本来乡里是要把我家划分为富农，奶奶一次次跑到当时的乡政府，和乡领导据理力争说：

"我噶是有几亩薄田，但是既不请短工，更不雇长工，全是我噶老实憨厚的男人起早贪黑在泥巴地里捏出来的，人噶小孩当兵是军属，我噶小孩读了那么多年书，最后还不是在乡里跑工作得病去世的？"乡领导说："不管怎么港（说），你噶有几亩田摆在那里是真的吧？"奶奶不慌不忙地说："我噶是有几亩田不假，但要看是从人噶那里剥夺来的，还是靠本本分分勤劳积累来的，我想政府也要问个清楚吧？总不能欺负我们这些本分勤恳的庄稼人吧！"乡里最后派人下来调查，因为爷爷奶奶在村子里有很好的人缘，最后划为中农，在后来的岁月里避免了多次批斗和打骂。

每天清晨，奶奶总是悠闲地坐在小木桌旁的竹椅上，烧一壶开水，喊我或者堂弟的小名，去乡集镇上买两根油条或者包子、几块豆腐干子，买回来总会给一点让我们解解馋。奶奶不慌不忙地从掉了漆的小铁桶里倒一些小姑亲手摘炒的茶叶，用开水冲泡，不紧不慢地喝着略苦的茶，吃着点心，慢慢地消磨着早上的时光；晚上总是雷打不动地喝上几小杯白酒。无论是我家或者叔叔家来了客人，不管有没有请她，奶奶梳好头，整理好自己的衣服，在快要开饭时坐上饭桌，不慌不忙地喝上几杯酒，吃完饭后，也不多逗留，转身离去，也不管媳妇高不高兴。

有一年初冬季节，盲人二伯父傍晚算命到了邻乡，找到了堂叔家开的书店，本想在他家住宿一晚，但被堂叔嫌弃说找错了人。二伯父虽然眼睛看不见，但耳朵异常灵敏，一个熟悉人的声音就是过去了十几年，也依然能够清晰地分辨出来。二伯父只好无奈地到别处陌生人家乞求过夜。二伯父和奶奶聊天时无意中说起此事，奶奶追问他是否听清楚了，二伯父铁板钉钉地说："肯定错不了，出来时还叫搀我的人看了书店名，况且那个乡只有他一家书店啊！"奶奶听后默不作声。第二年清明节祭祖，祖坟都在我的家乡，在我家摆的酒宴上，奶奶当着众人的面，板着脸毫不客气地质问堂叔：为什么这么薄情地对待自己的堂哥？堂叔被问得满脸通红，矢口否认看见了二伯父。奶奶最后余怒未消地说："最好是你噶堂哥听错了，要不然我相信你也没脸来见各位宗亲。都六亲不认了，我想更不好意思祭拜死去的祖宗吧！"

奶奶满头银发，身体很硬朗，除了早晚，一双小脚不停地忙碌着，自己种菜，用小木桶拎水浇菜，一直到去世前两个月。小时候，晚上纳凉，我经常和小伙伴们躺在竹制的凉床上，缠着靠在摇椅上拿着芭蕉扇给我们驱蚊扇风的奶奶，央求她给我们讲故事。她用没剩几颗牙的嘴给我们讲以前的懒媳妇，如何瞒着节俭刻薄的婆婆偷嘴的故事；或者讲一些离奇夸张的鬼怪故事，听得我们时而紧张害怕，时而开怀大笑。当然讲得最多的还是英年早逝的大伯学习的故事。奶奶说有一次大伯生病发烧了一夜，第二天昏昏沉沉地去私塾上课，太阳快落山时，病恹恹地回来了，整个人仿佛被霜打了似的，耷拉着脑袋，一句话都不说。奶奶无意中碰到了大伯的头，大伯疼得直咧嘴，问大伯，大伯还是一句话都不说。奶奶怜爱地轻轻摸了摸大伯的头，发现大伯头上有十几个大大小小鼓起的包，追问缘由，大伯吞吞吐吐地说书没背出来被私塾先生打的。奶奶既心疼又气愤，急忙要去找私塾先生讨说法，性格懦弱又怕事的爷爷连忙劝阻，但奶奶还是不管不顾地走了好几里路，在傍晚时分赶到了私塾先生的小院。奶奶站在门口，深吸了一口气，努力平复了一下自己心情说："先生，我从来都不是一个护犊的人！平常如果我噶（家）小孩犯错挨打受罚，我从不会港（说）半个不字，老师肯定都是为了学生好！但是今天事出有因，小家伙昨天发了一夜烧，我叫他不要上学，他挣扎着非要来上学听您的课，您为何不问青红皂白就是一顿毒打呢？"私塾老师被质问得哑口无言！奶奶最后谦卑地说："我一个没有见识、不识字的小脚女人，如果什么话，港得不妥帖冒犯了先生，还请您不要见气！天下做父母的都希望先生好好地教自噶小家伙识字做人！"

大伯天资聪颖，读书好得远近闻名，最后以优异的成绩考上了大学。奶奶第二天把我叫过去，特意从抽屉里小心翼翼地拿出用牛皮纸包的方方正正的书，是繁体字的小型《英汉小词典》和新中国成立前几本繁体字的课本，说是大伯生前留下的，奶奶的目光里满是期待和希望。我拿着纸张发黄的书本，好奇地翻看着，让年幼的我对从未见过的大伯心生敬佩，也希望自己以后读书上学也像大伯一样优秀。但大伯毕业后工作一年就生病去世了，这成了奶奶心中永远无法抹去的伤痛，即使到了白发苍苍的晚年和我们提起，仍然每次都不能释怀！

奶奶去世前的晚上，月光皎洁地照在大地上，如同白昼。她的精神和心情看上去都很好，不像生病这个把月——一会儿明白，一会儿糊涂。她把几个儿子、媳妇和孙子都叫到房间里闲聊，还要叔叔下了一大碗面条吃下。在奶奶的房间里，我们待到晚上近十点，才各自散去。第二天早晨，母亲催我去叫奶奶吃早饭时，奶奶已经在熟睡中安详地去了另一个世界。

奶奶离开我们近三十年了，但她敢作敢为的性格和遇事从容面对的智慧，在我经历了很多事后，心中越发钦佩。记忆中奶奶和我们说得最多的话就是："不惹事，但也不能怕事！遇到再大的事也不要慌，想好了该怎么做就怎么做！"每当我遇到挫折或彷徨的时候，奶奶坚毅的面容就会浮现在脑海中，鼓励我勇敢地面对生活中的起起伏伏。

小 姑 父

　　每每看见收废品的男人在乡下走，我总是想起小姑父。那个中年男人低着嗓音喊："鹅毛鸭毛拿来卖哟！废铜烂铁、鸡菌皮、乌龟壳拿来卖哟！"小姑夫宽胸夯背，脸上总笑着，还有一双全是茧子的老手。

　　小姑父干活麻利，农忙到我家帮着干活。割稻，小孩割五七行，大人割九十行，不超十一行，小姑父开镰十三行起步，地头到地头，快！不歇着。稻棵哗啦哗啦倒下，一摞稻铺铺在他和他镰刀走过的田里。打稻，我们两个孩子抱稻铺供他，跑得东倒西歪，胳膊腿发酸。大人都说他能干，我却不大喜欢：急什么啊急，作弄小孩子啊！"你噶（家）表妹表弟小，一噶全指望我，干事磨，季不候人，不照啊！"他讨好我，解释。

　　农闲，小姑父头戴旧草帽，肩挑一副担子，担子里有小糖果、造型简单的小玩具，还有各种针头线脑等小百货，去各个村落里收收废品和鹅毛鸭毛。小姑父担子里的东西既可以用废旧品交换，也可以用家中舀来的稻米抵，一天往往要跑好几个大队，不舍得歇，希望多挣点钱，补贴家用。小姑父担子里有一只洗得发白的布袋，装一些炕好的锅巴，还有一只褪色的旧水瓶。除非是兄弟姊妹等嫡亲，否则吃饭时小姑父绝不到熟人和亲戚门前叫卖，总是把担子放在村口的大树下，喝点开水，嚼点锅巴应付了事，从不舍得多花一分钱为自己买吃的。有人说小姑父算得太清，满脑子钱锈，生怕别人沾他的财气。小姑父不慌不忙地喝一口水，淡淡地笑着说："我不是出来唠人家（走亲戚）的，出来做个小生意，一码归一码！"听小姑说运气好的话，一天下来也能赚个十块八块，只是人辛苦，天热时身上湿了干、干了湿；寒冬农闲，刺骨的寒风吹得脸仿佛被鞭子抽打一样生疼，耳朵年年起冻疮。

小姑父天生爱琢磨，看见邻居家请泥瓦匠打灶、砌烟囱，他便仔细地在旁边瞧，回家后，把自家用了多年陈旧的老灶、老烟囱推倒，自己在家里捣鼓。刚开始灶砌的样子蠢，耗柴火，呛烟，推倒重建了几次还是不行。小姑父又是递烟又是说好话，跑了好几趟，软磨硬泡请来了砌灶的高手给看看。高手也不说话，仔细打量了一番，掰掉了几块土基，重新砌了一下，转身就走了，再一烧，果然省柴不呛。小姑父仔细地看了半天，琢磨几宿，明白了里面的门道。以后左右隔壁家打灶，他都主动去，要的钱比别人少，虽然砌的造型不太协调美观，但有些农户还是愿意请他，而且越到后来砌得越好。木匠活也是这么学会的，家具橱、柜，一般人不请他，他只给自己生活拮据的亲戚免费打，看上去粗糙，美观性差一些，但结实，也能凑合用。农村生产用的耙、犁田的弓等要求不很精细的农具，还是有人请他做，因为小姑父不摆架子，收费低。小姑父农闲的时候收废品，一年到头总是舍不得歇歇，日子慢慢地好起来了，率先盖起了村里不多见的两层楼房。

小姑父勤快又孝顺，小姑善良体贴，老母亲大事小事都指望他，也最信任和依赖他。菱角采回来，在锅里蒸熟，小姑父挑一些嫩的、容易咬开的，叫小孩送过去；花生收回家，在锅里炒熟，挑出一些颗粒饱满的，用一个袋子装好，亲自送过去；过年过节、家里来了客人烧了几个好菜，也会叫小孩把老母亲请来喝几杯；杀年猪总是挑老母亲最喜欢吃的蹄髈，送一个过去。最重要的是隔三岔五的晚上，或是下雨下雪不能干农活，总喜欢到老母亲的屋里聊聊天，陪她解解闷，看看还有什么小事要做，譬如缸里的水浅了，灶下的柴火需要剁一剁了，消磨消磨日子里的光阴。

表弟生性好玩，是家中唯一的男孩，被小姑惯得不像话，什么好吃的、好玩的，先紧他，生怕他有个闪失。但他不适惯，抽烟、逃课、赌博等样样在行。小姑父重男轻女的思想重，由着表弟胡闹，气急了，才一顿暴揍，打后又觉得心疼，想着以后老了还指望他养老送终、支撑门户，便继续放任小姑惯着他。上中学时，表弟长期不交作业，上课不好好听课，有一次老师气急，用竹教鞭狠狠地在表弟手心打了不少下。表弟哭哭啼啼地回家诉苦。若是换了我们，打得再疼，到家根本不敢提半个字，否则还会再遭来劈头盖脸一顿责骂，教训在学校为什么不好好念书。小姑父虽然没勇气追到学校责问老师，却心疼地摸着表弟的手，哄着表弟，破口骂现在"臭老九"简直尾巴翘上天了，一点师德不讲，就晓得打学生，宽慰表弟：念书不好还怕没饭吃啊？祖坟里还没有冒青烟，也没文曲星下凡，念个差不多就行了。表弟学习本来就不好，勉强混了个初中毕业就回家了。

小姑父让表弟学一门谋生的手艺。开始学木匠，起初师傅不让他干正规活，只让他在旁边打打下手，干些下木料或刨些毛坯粗活，而且要求严格，稍有点小差错，便拉着脸瞪他，甚至严厉批评。表弟干得手上起了好几个泡，累得腰酸背痛，还动不动就讨骂，回家诉苦，小姑父一边心疼儿子受苦，一边怒骂人心都给狗吃了，把别人家的小孩当犯人使唤。小姑父又给表弟重新找了个师傅，半年换了好几个师傅，可惜手艺都没学好，最后无奈跟着一个手艺平平的泥水匠后面干了两年。这个师傅倒是很少责骂，表弟勉强学会了泥水匠。小姑父逢人便夸自己儿子多么能干，学会一门不错的手艺。最重要的是这个师傅工作间隙和表弟抽抽烟，下班后和表弟喝喝酒，打打麻将，推推牌九。表弟觉得这个师傅好，是一路人。只是干了几年，口袋里存不住一分钱，有时候还伸手问父母要。小姑有时候忍不住担心儿子以后怎么办，小姑父说现在年轻人没有几个不散漫荒唐的，等儿子成家自然就好了！

　　表弟讨了个凶悍霸道的老婆，小姑、小姑父没有办法，只好让出楼房，在旁边盖了两间低矮的瓦房住，表弟结婚的债务一分都不还，就这样儿媳还经常和他们吵闹。小姑父经常被气得直摇头，强忍着，低头回到自己的小屋里，无奈地喊着"造孽"。但是干农活的时候，不忍儿子辛苦，最苦最累的活抢在前头，农忙总是起得最早，回来得最晚。小姑父帮表弟干完农活，回家还到自己锅里吃些粗茶淡饭，儿子、媳妇连一个笑脸都没有，觉得是应该的，有时居然挑刺说这搞得不好，那弄得不如意，让小姑父躲在小屋里直叹息。小姑父后来觉得下腹疼痛，为了省钱还债，只到大队诊所里开点药吃。终于有一天，小姑不在家，小姑父疼痛难忍，被邻居发现送到医院，一查，已经是癌症晚期，上了手术台，再也没能醒来。

　　小姑父去世的时候，他八十多岁的老母亲还健在。下葬的时候，白发苍苍的老母亲拄着拐棍忍不住老泪纵横，手颤颤地扶着棺材，差点儿昏倒，哽咽地哭着说："我的儿啊，你怎么就走到我前头了啊？你让我怎么活啊？"在场的人无不动容流泪。

表　弟

　　姑姑家的儿子是和我同龄的表弟，小时候调皮捣蛋在村里出了名。上学的时候，不是和同学打架，就是偷偷地逃学看电影。初二的时候，偷偷拿着家里的钱买香烟，和学校里的几个小混混学会了抽烟，后来这件事被姑姑发现了，表弟居然还理直气壮地说："现在哪个中学生不会抽烟啊？"好像初中生抽烟是情理之中而且很光彩的事情。

　　勉强初中毕业后，表弟学会了一门谋生的手艺——砖瓦匠。手艺学得不错，手艺人的一些恶习更是学到了"精髓"：一天两包烟；喝酒经常喝得烂醉如泥，有时候醉得倒在路边就睡着了；赌钱不论牌九、麻将、纸牌，没有他不会的，经常是输了工资，还到处借钱，姑姑、姑父不知帮他还了多少赌债。姑姑气得暗地里不知抹过多少泪水，姑父不知摔坏了多少只碗，经常发誓毒骂这个不争气的败家子！

　　转眼到了表弟谈婚论嫁的岁数，姑姑到处托人说媒。姑姑家境在农村还算殷实，而且表弟手艺也不错，长相虽不算帅气，但体格魁梧。可是只要女方父母到表弟的村庄周围一打听，顿时一个个像躲避瘟神一样避之唯恐不及。为这事姑姑跺着脚把媒人数落得低着头无地自容。

姑姑千寻万觅，四处托人，总算找到一个愿意嫁给表弟的女孩。女孩叫娟，母亲早亡，大哥已成家，弟弟还在上大学，父亲一个人操劳着田地的农活。娟婚后的表现让所有人大吃一惊：娟由于母亲死得早，家里就她一个女孩，父亲宠爱有加，养成她非常泼辣的性格。表弟那个上初二就会而且炫耀的吸烟的毛病，硬是被戒掉了！开始时表弟偷偷夹着烟，上厕所或跑到外面的角落里抽，被娟发现了立马抢下来用脚碾得粉碎，劈头盖脸一顿臭骂。表弟出去做工，娟只发当天中午吃饭的伙食钱。表弟私下里从父母和姐妹那里拿来钱，在工地上买烟抽，但是只要让娟发现一点蛛丝马迹，顿时吵得鸡犬不宁，而且在外面抽烟，回家不抽憋着特别难受，慢慢地表弟果真把十几年的烟瘾戒掉了！

表弟厚着脸皮从父母那里要钱赌博，只要被娟发现了，发现一次掀一次桌子，而且说的话一次比一次难听。掀得原先喜欢和表弟赌钱的人，都见识了"母夜叉"（赌友给娟起的外号）的厉害，再也不和表弟赌钱了。有一年大年三十，吃过年夜饭，表弟知道娟再泼辣过年也不会到别人家掀桌子，上了牌桌便心安理得地打起了麻将。但半夜回来，娟早就把门窗关紧，任表弟怎么喊怎么哀求，就是不开门，最后还是住在邻屋的姑姑、姑父出面求情，表弟一再保证，娟才一脸怒气地让低着头像做错事的小学生一样的表弟进了家门。

从那以后，表弟真的把陪伴了他十几年的吸烟、赌钱、酗酒的恶习改掉了。有时我和表弟聊天时还拿这些"光辉事迹"和他调侃，表弟却一脸满足地说："我家老婆辣是辣了点，但心地还是蛮善良的，我每次晚上从工地回家，她都给我做几个下酒的好菜，虽然每次只能喝一两，但习惯了还是蛮好的，不伤身体还能活活血解解乏！"

或许婚姻里的男人和女人好像是上天安排好的"冤家聚首"，在柴米油盐的普通生活中相互碰撞、磨合，偶尔掀起一阵阵涟漪，不离不弃地相守吧！

岳父的爱情

有些爱情注定不会开花结果，只会在彼此的内心埋下思念的种子，成为心中永远抹不去的牵挂，是梦中千回百转的一道风景，是现实生活内心深处一声长长的叹息。

我和妻子结婚已经十几年了。有时心里会感叹岳父岳母的性格差异。岳父是一个注重生活细节和懂得享受生活乐趣的人：不管什么时候出门都会把衣服收拾得妥妥帖帖，鞋子擦得锃亮，头发梳得一丝不乱，胡子刮得干干净净。他年轻的时候，喜欢看书，农闲时还喜欢看地方戏，现在老了空闲的时候喜欢去公园溜溜。他烧菜喜欢细心调制，烧出来的菜味道鲜美，品相也好看，让人一眼看上去就能勾起肚子里的馋虫。岳母则是特别大大咧咧的人，衣服穿得很随便，不会搭配，甚至有些邋遢。说话做事风风火火，洗衣服粗枝大叶地在水里漂几下便拿出来了。烧出来的菜味道不尽如人意，而且切的菜又大又难看，干的家务经常让子女们在背后摇头。岳母对看电影、看戏甚至逛公园一点都提不起兴趣，经常是看戏开场没多久，便直打哈欠。刚跑到公园一会儿，就要往回走，嘴里喃喃自语说："除了人，就是一个破湖，有什么好看的，还不如回家睡大觉呢！"但岳母从十几岁就开始做小生意，并且一直做得不错。虽然她比岳父小七八岁，但看上去比岳父还老。听妻子说老两口年轻时争争吵吵得非常厉害，有几次甚至差点儿离婚了。后来岁数大了，大概是渐渐地习惯了吧！

由于我和妻子工作都很忙，岳父经常帮我们接送正在上学的女儿。这几天下班回家，看见岳父总是拧着眉毛，脸上没有一丝笑容。我忙询问岳父是不是遇到什么事，还是身体哪儿不舒服，岳父勉强地挤出一丝笑容，摆摆手说没事，转身开门回家去了。

妻子下班回家，我告诉妻子岳父的状态，妻子欲言又止，最后在我的追问下，才说出了岳父一段几十年前凄美无果的爱情。岳父年轻时人长得比较帅气，上到高小，当时算高学历，他平常没事就喜欢看看书，字写得相当不错，但因为家庭成分是地主，所以一般成分好的农民都不和他玩，所以岳父内心无比孤独。慧是到他们村来的下放学生，纤瘦的身材，圆圆的脸蛋，一双如泉水般清澈的大眼睛，胸前拖着一根长长乌黑的麻花辫，看上去特别文静。两个人都喜欢看书，因为彼此的志趣和性格吸引，他们偷偷地相爱了。但是慧的父母无论如何也不能接受慧和一个农民结婚，尤其是岳父那样成分不好的农民，便想方设法将慧调回了城里。岳父的心也被带走了，拖了好多年，才在家人的催促下和并不满意的岳母结了婚。慧回到城里，由于心中牵挂着岳父，一直没有找对象。最后在父母的催逼和周围环境的压力下，仓促地经人介绍，嫁给了一个性格粗暴、没有文化的工人，生了一个儿子，生活过得很不幸福，最后不得不离婚收场。

岳父的儿子（也就是我的大舅子）上中专，考上了慧生活的城市，他找到了慧，慧认他为义子，并且像对待亲生儿子一样呵护他。前不久，慧病入膏肓，虽然岳父的儿子已去医院看望照顾多次，但慧还是想再见岳父一次。岳父和慧的事情虽已事隔多年，但岳母一直心存芥蒂。最后岳父在子女的鼓励下，瞒着岳母偷偷地来到慧所在的城市，见到了躺在床上骨瘦如柴的慧，岳父不禁老泪纵横，细心地照顾着慧，直到慧平静地去世，所以这几天一直沉浸在悲痛之中。

一段注定没有结果的感情，彼此牵挂了一辈子的那颗疲惫的心，终于可以放下了。在错的时间里，遇见对的人，结果只能是惆怅和无奈。

伯父的算命生涯

"铛，铛……"我小学和初中每年的寒暑假期间，经常挽着伯父走街串巷，当然去得最多的是县城周边各个偏远的村庄。盲人伯父一边拉着我的小手，一边用另一只手拿着铜棒有节奏地轻轻敲打着被手掌摩挲发亮的小铜锣。

少年时代的我挽着伯父在外地算命，每到快吃饭的时候，我们便去附近的人家歇脚。有些人家甚至和我们沾一点亲戚关系，看见我们来，脸孔板得像欠了他多年的旧债未还一样，或是和我们结了多少冤仇似的，说话冷言冷语，高高在上；有的看我们的表情简直就像是看见了令人生厌的乞讨者一样，一副拒人于千里之外的架势。即便看见他家满桌的美味，诱人的香味馋得年少的我直咽口水，肚子早已饿得咕咕叫，我仍然会毫不犹豫地挽着伯父转身离去。而当我们跨出门槛或者已经走出他家小院院门的时候，女主人居然还会做做样子虚伪地说一句："马上吃饭了，别走了，看样子是看不上我家的伙食！"我会在内心记住这家的位置，下次路过，决不在他家歇脚。而且出门后我会把这些势利眼的表情描绘给伯父听，伯父只是淡淡地说："我虽然看不见，但是别人说话的语气好坏我还是能听得出来。年轻的时候也会经常生气，后来想想，人家留我们吃饭是情分，不留我们吃饭也没做错什么。在外面跑，什么人都能遇到，特别是对待像我这样眼睛看不见的残疾人。千万要记住别人对你的恩，忘掉别人对你的不好，这样你就会过得顺心，否则会天天生闷气。"我更愿意去一些条件简陋的人家，主人热情相迎，进门看见的是一张张笑脸。虽然饭菜朴素，甚至桌上仅有几盘烧好的蔬菜或是咸菜，我也会吃得津津有味。

有时伯父在一个村庄里，四周被围了许多来算命和看热闹的人，他坐在那里，一边耐心地解释，一边"子丑寅卯"地认真掐指计算。那时的我对什么行好运歹运丝毫提不起兴趣，四处找附近的小孩玩玩游戏，打打画片。倘若没有玩伴，我经常是靠在椅子上发呆、打瞌睡。伯父算命结束后，则轻轻地呼唤我的小名，我伸了伸懒腰，继续搀着他去下一个村庄碰运气。特别是在人多的时候，也会遇到一些不怀好意的人阴阳怪气地质问："先生啊，你帮别人算了一辈子命，有没有算到你自己一辈子吃百家饭、跑一辈子江湖啊？"每当此时，伯父也不会生气发火，只是平静地笑笑作为回答。那人看见伯父无言以对，好像是在众人面前给自己脸上增了光似的，顿时发出一阵粗鲁幸灾乐祸的笑声。我在旁边气得用眼睛狠狠地瞪着这个人，恨不得用搀扶伯父的棍子揍他一顿，心中诅咒他以后天天走霉运。

有一次，邻村一位妇女当着众人的面奚落伯父，说他算命是在瞎扯，是唬人骗钱的封建迷信，伯父并没有当面驳斥她。几个月后，她却急急忙忙和另一位妇女跑到伯父家，给她将要结婚的儿子和儿媳算命配"生辰八字"和定结婚日子。伯父的耳朵特别敏锐，印象深的声音就是过去了十几年他也会记得。伯父没有呵斥她，只是平静地说："算命这个东西，就和到庙里求佛是一个道理，信则有，不信则无，你要考虑好。"她知道伯父听出了她的声音，连忙红着脸为上一次的鲁莽和无礼道歉，同行的是她未来儿媳的母亲，这位亲家母对伯父的算命推崇备至，一定要伯父算过才能放心地让女儿结婚，另外还必须借方圆几十里只有伯父家有的一对铜镜，好让结婚的时候新人佩戴辟邪！伯父没有再说什么，开始认认真真地给她们算命，并且叫我立刻去邻村讨回借出去的铜镜。我看见这位妇女走的时候，虔诚地朝伯父深深地鞠了个躬，再次感谢伯父的宽容和大度。

虽然教伯父算命的老师已去世多年，但每次路过他的村庄，伯父都会去看望老态龙钟的师娘，带上她喜欢吃的糕点，或是给一些钱让她自己买喜欢吃的食物。老太太看见伯父，经常嘴里唠叨："唉！你师父一辈子教了不少徒弟，自他死了，也就你能经常来看望我这个没有用的老婆子！"说完后，用长满老年斑的手，颤巍巍地擦拭着眼角的泪水。伯父说是师父给了他谋生的手艺，人什么时候都不能忘本，一辈子都感激，永远不会忘记。

由于伯父一生品行端正，对待贫富贵贱的人一视同仁，从不占别人便宜，有时宁愿自己吃亏，而且算命算得好，到了晚年伯父几乎不需要出门算命，经常有人登门拜访。甚至有人送锦旗，伯父把锦旗挂在土墙上。虽然伯父有了一些积蓄，但他依旧过着简朴的生活，对每一个来访者都态度温和，人们都说看见伯父像是看见了活着的弥勒佛，让人踏实温暖。

有时我也会好奇地问伯父："您算了一辈子命，到底信不信命是上天注定的啊？"伯父长长地叹了一口气说："三子，我算命是谋一碗饭吃，都是按师父教的内容算的，准不准我也不晓得。要我看，命三分之一是天注定，三分之一靠自己努力，另外三分之一是靠积德行善修来的。命再好，好吃懒做，作恶造孽，我想都不会有好下场的！"

陪伴伯父算命的时光，让我见识了人世间太多的人情冷暖，对待帮助过自己的人，伯父常怀一颗感恩的心。在遇到不公正的遭遇和晚年远近闻名、受人尊敬时，伯父始终坦然面对，过着质朴简单的生活。如今，伯父坟前的青草，绿了黄，黄了枯，来年又变绿，但伯父荣辱不惊的处世态度还是深深地埋在我的心里，影响着我，鼓励我走好人生的每一步路。

二 姑 父

小时候的我不懂得生活的艰辛，最盼望家中来亲戚，不但家中的伙食可以改善，吃到平常难得一见的美味佳肴，有的客人还会带些零食让我解馋。那时的我特别喜欢二姑父来做客，但奶奶及家里大人对他都不太热情，见面只是客气地打个招呼，转身又各忙各的事了。

二姑父一来，我和堂弟们及邻居的几个小孩，像蜜蜂看见香气扑鼻的花朵一样围到他的身边。二姑父身材魁梧，眉毛浓密，头发花白，一双大眼睛炯炯有神，皮肤是在农村干活晒得健康的古铜色，见人不论大人小孩总是面带善意的笑容。二姑父每次来看奶奶都要捎上一点东西：盒装的明心糖、自己炒的板栗，或者是几根黄澄澄的油条、刚从油坊里打来的一瓶香油，有时甚至挑上自家砍好晒干的一担柴火。二姑父带来的点心，奶奶吃得很少，大部分都分给我们几个孙子吃了。奶奶特别疼爱我，所以我吃得比其他堂哥堂弟都多。

我们这些小孩最喜欢围着二姑父听他呱古今。二伯父的脑子里好像藏有一座内容丰富的故事库，既有情节曲折的《隋唐演义》《三国演义》，也有听起来毛骨悚然，让我们害怕的鬼怪故事，还有发生在乡村邻里令人捧腹的奇闻轶事。二姑父讲古时候的英雄故事，有街头说书人的架势，全身心投入，沉浸在故事的角色中。特别是说到某个英雄好汉出场或者两军对垒，总是用手比画着动作，渲染着紧张的气氛，不断转换着自己的角色，让人有一种身临其境的感觉。但说到关键处他总是故意停下来，默默地看看我们的表情，我们自然会拽着他的衣袖催促继续说下去。每次听完后我们觉得不过瘾，都集体央求二姑父再讲一个。我和几个小朋友在一起做游戏，玩累了，聊着聊着都会讲起二姑父说过的故事，伙伴们眼神中都期盼二姑父什么时候再来，我和几个堂弟心中油然而生一种特别的自豪感。

那时我很奇怪为什么家里的大人都对二姑父不热情，多了几分客套似的生疏。我私下里曾经天真地问过父亲几次，父亲开始用话搪塞过去。问多了，父亲不耐烦地说："大人的事你一个小家伙不懂，老是刨根问底，长大了就晓得了。不要满脑子胡想，好好念你的书吧。"我望着有些生气的父亲，不敢再问，心中却替二姑父叫屈。

有一次我到邻居家和小伙伴一起玩泥巴，邻居大婶正在门口缝补衣服，做些针线活，小伙伴说起二姑父讲故事的神情，满脸的羡慕和向往，嘴里反复唠叨着说长大以后能像他一样就好了。大婶用生气的眼神瞪着他说："好不学，你学三保二姑大大（方言）一张死嘴，搞得像个跑江湖的一样，能把死泥鳅港（讲）成活蹦乱跳的，还在水里摇尾巴呢！听听古今、逗逗开心就算了吧，真学他，家里人都跟着受气丢脸，一辈子给人家嚼嘴巴根子。"我顿时涨红了脸，语气有些生硬地质问大婶，大婶尴尬地笑了笑，继续忙着自己手里的针线活，岔开话题，聊着问我上学时校园里发生的趣事。

后来年迈的奶奶去世，我也十五六岁了。有一年冬天，屋外大雪纷飞，冰天雪地，凌厉的西北风吹着号子。我和伯父在老屋里烘火闲聊，无意中又聊起二姑父的事来。伯父沉默了一会儿，长叹了一声，终于道出了尘封多年的一段往事。

二十世纪六十年代初的"三年困难"时期，全国上下处处闹饥荒。二姑父因为身板结实，仪表堂堂，被选去当民兵参加训练，后来还被提拔为班长。二姑独自带着一双儿女在家操持家务。当时我们老家大部分人都饿得饥肠辘辘，挣扎在死亡线上。但训练的民兵能有足够吃饱的粮票供应，刚开始二姑父过一阵子就回家，或者托人把省下来的粮票带回来接济家中的妻子儿女，也给二姑带来了希望。但好景不长，二姑父后来回家的次数越来越少，最后竟不回来了！二姑的公公婆婆早已去世，二姑一个人没有办法，只好带着一双小儿女回娘家，和自己的父母及兄弟姐妹一起生活。但那时娘家的生活也很困顿，二姑日夜盼望二姑父能带回来一些粮票补贴一下，最不济回来和自己一起挣工分共同养家糊口，照顾年幼的儿女，让自己柔弱的肩膀有一个坚强的依靠。最后四处托人打听，却捎回一个让二姑气愤不已的事实。二姑父因为长相周正，最要紧的是手里有可以让人活命的粮票，居然和部队周边农村一个漂亮的小媳妇勾搭上了，日子正过得滋润呢，心里早已把家中的妻子儿女忘得一干二净。二姑又气又饿，整日以泪洗面，悲愤交加，不久就撒手人寰。

二姑父直到此时才如梦初醒，脱掉身上民兵的衣服，回来安安心心地照顾一双儿女，终身未再娶。听伯父说二姑父在多种场合对自己当时的行为表示过忏悔。刚开始二姑父低着头到奶奶家解释，奶奶根本不让这个她眼中无情无义的女婿跨进自己的家门。奶奶站在门口，手指着二姑父气愤地骂："你还有脸来？我没把你送进牢房里，已经是对你这种畜生格外开恩了，我真后悔瞎了眼，把女儿嫁给你这个狼心狗肺的东西！有多远给我滚多远！"骂完，奶奶把大门用力地一关，转身到屋里忙自己的事情去了，任凭二姑父在门外如何赔礼道歉，也不允许家人开门。有一次二姑父在奶奶的门口跪了一个多小时，奶奶仍然没有松口，大概是心中的伤口太深，无法弥合，没有办法接受这个背叛自己女儿、最后让女儿失去生命的女婿。后来二姑父又把自己的一双儿女带过来，并请了家中很多长辈亲戚说情。奶奶看着曾经和自己一起生活的两个外孙，一个个哭得像个泪人，眼巴巴地望着自己，似乎从外孙的身上看到了逝去女儿的影子，一生坚强的奶奶也忍不住老泪纵横，最后勉强接受了二姑父的道歉。

我听了伯父的叙述，心情顿时糟糕得像被屋外的寒风吹得结冰一样生疼，简直不敢相信这是事实。从那一刻，二姑父的美好印象轰然倒塌，心中多了一些苦涩的滋味，对从未谋面的二姑产生了深深的同情。二姑父再来的时候，我尽量躲着他，即使迎面碰上也只是客气地叫声"姑大大"就走开，没有丝毫兴趣听他说古论今。

后来参加工作，结婚生女，经历的事情越来越多，面对生活中的诱惑也越来越多。周围的同事朋友也有认为自己过得潇洒不羁，笑骂我榆木脑袋不开窍，不知道灯红酒绿、左拥右抱的神仙日子。但他们都是好景不长，便债台高筑，家里搞得鸡飞狗跳，有的甚至妻离子散，最后被扫地出门。当事人胡子拉碴，整天耷拉着脑袋，像个流浪汉一样，成为人们嘴里谈论的反面典型。每每看到此情此景，我都会心生叹息，脑子里想起二姑父的影子，告诫自己一定要守住做人的底线，否则就会成为被众人唾弃的对象。

有时候回老家我看见二姑父满头白发、老态龙钟的样子，心中慢慢地便多了几分释然，想上去和他多聊一会儿家常，一如小时候听他讲故事一样。但一想起伯父说起的二姑父那段"陈世美负妻"的往事，心中始终有一道挥之不去的阴影，便没有了闲聊的兴致，寒暄几句，问一问身体状况，便转身离去，只留下二姑父一个孤独的身影慢慢远去……

堂　伯

　　自从记事起，我们村唯一的土墙草房，便是住在我家后门方向不远处的堂伯家。他家离村口池塘很近，大概是因为年代太久的原因，墙上的泥土被风雨冲刷出许多凹凹凸凸的小坑，草房的屋顶上寂寞地长着几株青草，与周围新建的宽敞瓦房相比，更显得陈旧破败。小时候我经常看见堂伯一个人坐在门前的小木凳上，捧着吃完饭的空碗发呆。

　　堂伯和我父亲是刚出五服的宗亲，听说他小时候家境殷实，娶了妻子，生养一儿一女。后来妻子和一双儿女相继生病离世，剩下他一个人孤苦伶仃地活着，守着三间破草房。原先还穿得周周正正的衣服，自从家里只剩下他一个人后，经常这儿破一个洞，那儿撕破一块挂下来了；苍老的脸上胡子拉碴，斑白的头发像大风吹过的茅草一样，胡乱地堆在头上。在陌生人眼里，他简直和一个乞丐的形象没有两样。

　　我家伯父也是一个人生活，虽然双目失明，但每天都摸索着把屋子里里外外收拾得整齐干净，衣服穿得朴素清爽。

因为他们都是一个人生活，所以堂伯经常去伯父家聊聊天，排解寂寞的时光。伯父经常劝堂伯振作一些，攒点钱把草房换成瓦房，做几件像样的衣服，好好地过日子！堂伯总是叹气说："没儿没女我为谁累啊？过一天算一天吧！"直到有一天，我惊讶地看见堂伯频繁地出入全村有名作风轻浮的中年女子家里、田地里。堂伯看上去好像年轻了一些，整个人精神了许多，衣服也比以前穿得整齐，头发和胡子都及时地修理了。只是那三间年久失修的草屋终于倒塌了，他只是用几根稍粗的树棍和买来的几张篾笆搭建了一间简易的木棚。而且堂伯很少回他那所谓的"家"，整天在那女人家忙前忙后，晚上大部分时间都去那个女人给她小儿子刚盖的白坯房里过夜。他家侄儿和外甥以及同村的好心人纷纷劝他："你现在帮她干活，把钱都给了她，以后老了生病了怎么办？还是先把房子盖好，好好地过日子吧！"堂伯像是被那个女人施了迷魂药似的，低头不语，继续和她纠缠在一起。

　　等我去外地上学的时候，堂伯岁数渐渐地大了，身体大不如以前，还患有高血压和心脏病，气管也不好，稍一受凉，便不停地咳嗽。堂伯在那女人家经常听到的是冷言冷语，看到的是一张张冷漠生硬的表情，于是经常跑到伯父家坐坐，后悔自己的小木棚简直没办法生活，叹息自己没有一个像样的家，有时留恋地从伯父家后门口向那女人家眺望，有时又忍不住低着头进了那女人的家。

暑假回来，听说堂伯死了，而且他生命的最后时光过得很是凄凉。堂伯托人买了些砖瓦和水泥、石子，准备盖房子，又对伯父说："我盖的房子再小，也是我自己的，不能忙了一辈子连个窝都没有啊！"但他仍然忘不了那个女人，有时忍不住又去转转。一天中午堂伯突然犯病，倒在了那女人家的晒谷场上，女人的子女准备上去搀扶，被女人厉声喝住："不能拉，拉了以后就说不清，他家侄子就赖上你了！"等村里人发现去镇上喊来医生，堂伯已经去世了。堂伯到死，房子还是没有盖起来。

堂伯凄凉的一生就像是一出悲情的电影剧本，终于在人们的同情叹息和略带几丝轻视中结束了。

我的"迷糊"师傅

"迷糊"师傅是我蒸汽机车跑车刚顶岗司炉的司机，和他配班时，我才从学校分配到单位一年多，那时他已经是开了好多年的老司机。第一次在公寓候班楼见到他时，一番客气过后，仔细地打量了一番：四十多岁，头发花白，身材高高瘦瘦，眉毛浓密得像隶书的"一"，眼睛细长，笑起来皱纹把整个脸变得沟沟壑壑，说他是五十多岁大概没有人会不信。

"迷糊"师傅眼睛细小，还有点近视，平常不喜欢戴眼镜，看稍远地方的东西总喜欢眯着眼。听说他儿子出生的时候，托别人买的五十个土鸡蛋，放在自己工具柜的下层，下了班却忘得干干净净，没有带回家。直到有一次下班打开工具箱闻到一股臭味，仔细寻找气味来源，才发现鸡蛋全坏了。生活中诸如用肥皂洗手，最后连洗漱袋全丢掉等类似的丢三落四的事情，简直是家常便饭，因此同事给他起了个外号"迷糊"。

我和迷糊师傅配班后不久的一个寒冷深夜，除了火车大灯照到的光亮外，周围全部笼罩在漆黑的夜色里。我正低头撅着腰往炉床里投煤烧火，突然发现火车紧急降速了。迷糊师傅表情凝重地说："撞到人了！"车停稳后，便叫我拿着手电筒跟他下去看看情况。我又冷又怕，磨蹭着不想去，迷糊师傅狠狠地瞪了我一眼，大声地道："快点，动作快点！磨磨唧唧干什么？我不是在前面吗，怕什么？以后你自己开车遇到怎么办？"我只好寸步不离地跟在迷糊师傅身后，四周漆黑一片，只有嗖嗖的冷风在耳边呼呼地刮。迷糊师傅拿着手电筒在他估计的范围四处寻找，终于在铁路旁边的灌木丛里找到了被撞的人。被撞的人脸色惨白，迷糊师傅赶紧用手摸了一下他的鼻息和手上的脉搏，早已没有了生命体征，又翻看了死者口袋，检查有没有贵重的物品和遗书，回来的时候找到了最近的公里标，回到车上连忙向车站汇报死者的年龄特征及被撞的具体位置。下班回来被单位相关部门询问时，迷糊师傅对答如流，我顿生敬意地问他："你不怕吗？那可是个死人！你还看得这么仔细，又是摸脸又是摸手，还翻口袋，我跟在你后面都吓得浑身像筛糠一样！"迷糊师傅苦笑着说："这是职业道德，如果人没死，你不摸怎么知道，送医院晚了，活人也会变成死人！干这一行，就没有听说干了一辈子没有撞到人的，所以我叫你跟我下来，是怕你以后遇到这样的事情不会处理，把事情搞砸了！"

上班第二年的大年三十，刚好轮到我们中午上班，我们发车的时候，已经快到下午四点了。铁路两边再也看不见一个行人的影子，只听见附近的村庄开始稀稀疏疏、后来越来越浓烈的爆竹声此起彼伏，以及大人们的欢庆声和小孩们的嬉闹声。我的心像被掏空了一样，沉默着低头往炉膛里扔煤，脸上写满了失落。师傅停车的时候，看着我无精打采的样子，想安慰什么，却最终没有说出口，只是拍了拍我的肩膀。好不容易投了几吨煤，累得腰酸背痛，火车头进了库，准备下班了。我手里拿着把旧棉丝，粗枝大叶地擦几下了事，心想今天是大年三十，没吃上年夜饭，孬好还能看看后半节春节晚会吧？他看看我准备收拾东西洗手，笑着说："今天过年，我们大家都过年，也要给车子过过年吧。你老家在农村，过年的时候也要把家里旮旯打扫得干干净净！这个火车头是我们吃饭的家伙，明年还得靠它挣钱养家糊口呢，也图个吉利。"我心中烦躁极了，把擦车的旧棉丝狠狠地往地上砸了一下，但又不想大年三十和他争吵，只好又耐着性子，又车上车下地陪着他擦了一个多小时。

　　等我们回到休息的处所，迷糊师傅上去开房门了，值班室里没有人，值班的领导大概也看晚会去了！我不甘心地冲到食堂，里面冷冷清清，只有一个中年妇女斜靠在食堂值班室里看电视，我的心情像外面寒冷的空气一样冰冷！我耐着性子问了一句："喂，师傅！大年三十下班，没有加餐吗？"开始问她，不知是没听见，还是懒得理我，我吼了一句："我要加餐吃饭，听不到啊？"中年妇女也朝我瞪了一眼："吃饭就吃饭！这里没加餐，要加餐找你们领导去，大过年的你叫唤什么？"我今年过年上班的气一股脑儿地撒了出来："你还晓得今天过年，要不是我们在外面辛辛苦苦地吃苦受累，你们吃个屁！"中年妇女气得立刻从床上下来，撸了撸衣袖，冲到我面前，大声嚷嚷："我看你小子今天是吃枪子儿了，大过年的朝谁发火呢？"这时师傅换了衣服，正准备洗澡，听见争吵，赶紧跑了过来把我劝走，叫我去洗澡。我草草地洗完澡，气呼呼地跑到房间，肚子又饿又郁闷，每年在老家和家人一起过年的温馨场面一幕幕地浮现在眼前，眼看着春晚已快结束，也没那个心情看了！这时迷糊师傅用盘子端了一大海碗水饺，香喷喷的冒着热气，旁边还放了两个里面有调好作料的空碗及汤勺。看见我气呼呼的样子，他憨笑着说："没在外面过过年吧？趁热吃，吃饱了就不想家了！"说完拿起汤勺，往两个碗里舀水饺。我的心情顿时好了很多，一边吃水饺，一边静静地听窗外此起彼伏的爆竹声。这是我有生以来度过的记忆最深的大年三十。

迷糊师傅特别爱唱歌，只要他在澡堂里洗澡，就能听到浑厚的歌声从澡堂里飘出，而且唱得颇有些水准，在单位组织的比赛中还得过名次呢！迷糊师傅只有一个儿子，学习成绩不好，普通高中没考上，上了职业高中学厨师，最后认为没前途，吵着要学习音乐。迷糊师傅自小爱唱歌，家里条件差，同是火车司机的父亲要他子承父业，才放弃唱歌上了铁路。既然儿子喜欢音乐，迷糊师傅最后咬牙花钱在北京的一所音乐学院让儿子听课！亲朋好友都劝迷糊师傅，搞音乐这条路太艰难了，劝劝儿子谋一份普通的职业是正事。迷糊师傅笑着但坚定地说："你们说得都对，以前我喜欢唱歌，当时家庭条件困难，不得不招工上了铁路。现在条件比以前好了，既然儿子愿意唱歌，喜欢唱歌，在力所能及的条件下支持他，以后怎么样谁也不知道，至少他这一辈子不会后悔了！"儿子是迷糊师傅的希望，但是儿子在他退休的前一年，由于涉世不深，被传销组织盯上并控制住。迷糊师傅的儿子想趁别人半夜睡觉时顺着下水管道溜下来，被人发现，一紧张，没抱住，摔了下来，听说把腰椎摔坏了。迷糊师傅为了给儿子看病，卖掉了准备以后给儿子结婚的房子。

不久前，我在公交车站偶然遇见了迷糊师傅，他头发全白了，而且变得稀稀疏疏，腰有点佝偻着，脸瘦得颧骨特别明显地凸出来，整个人瘦得像一根细竹竿。我和迷糊师傅寒暄了几句，得知迷糊师傅和他妻子在北京一边打工，一边帮儿子在一家康复中心治疗。迷糊师傅最后长长地叹了一口气说:"虽然治愈的希望渺茫,但总是希望到我们闭眼的时候,他能站起来自己照顾自己,不然以后他可怎么办哟!"说完,他和我挥挥手,上了公交车。我望着渐渐远去的公交车,心里有一种说不出的悲凉。

我很幸运在刚上班的时候和迷糊师傅一起共度了几年时光,经历了很多大大小小的插曲,有过开心的欢笑,也有过失落的惆怅。在我刚步入社会性格莽撞、思想幼稚的年纪,迷糊师傅教会了我很多做人做事的道理,告诉我面对生活的挫折,不要怨天尤人,要永怀一颗感恩的心!我们最起码要为自己生命的尊严顽强像样地好好活着!

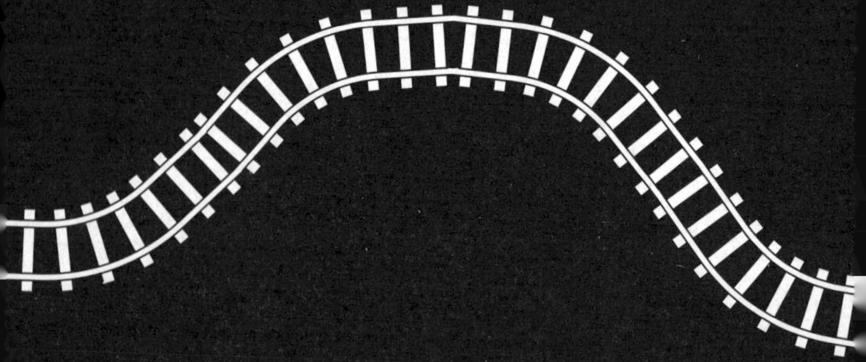

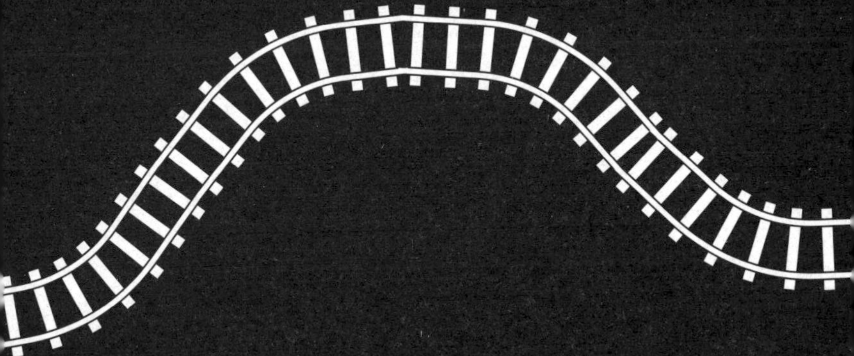

街坊们

邹 大 胆

单位门口，围拢不少人。我挤进去，墙上贴着黄底黑字的讣告，仔细瞅名字，竟然是绰号"邹大胆"的老师傅，一个月前还在公交车上彼此打招呼，心底有种不真实的幻觉。

刚上班时，单位还有很多烧煤的蒸汽机车，与邹大胆不跑同一条线路也并不认识，只在公寓听老师傅们闲侃他的一些所谓轶事。

隆冬，半夜。一个白衣飘飘的行人如幽灵在钢轨上游荡，大灯照到，刹车不及，瞬间如纸片被掀翻在空中，摔滚在钢轨边。天下着淅沥的细雨，寒风呼呼地刮，周边看不见半点儿亮光，天黑得像个怪兽，仿佛要把大地上的事物全部吞噬。铁路两边是光秃的小山坡，坡上一个个隆起的坟堆，稀疏的荒草随风带着号子飒飒作响，影影绰绰。只有火车头的大灯射出的一梭光，雪亮刺眼地洒在冰冷的钢轨上，另外两个人犹豫踌躇，默不作声，低头抽烟，相互瞅瞅，不时地瞥邹大胆。当时邹大胆是副司机，瞪了一眼车上的人，骂了句脏话，拿起检点锤，抓着手电筒，从容下车。深一脚浅一脚地冒着雨，哼着小曲，摸了摸被撞者鼻息，翻了翻被撞者口袋，打量了一番，拖拽到路基边，上车拿列车无线电汇报车站。司机赔着笑脸，弯腰讨好地凑近，给邹大胆点烟，司炉直竖大拇指。邹大胆猛吸一口，缓缓吐了个烟圈，挠了挠头，叹了口气，嘀咕说："又一个想不开的，到阎王爷那里报到了！"烧火，瞭望，闲谈，仿佛啥事没发生。"邹大胆"的绰号从此传开。

一位烧了多年火的老副司机，脸庞给滚热的炉床烤得满是褶子。他考司机考了多年，熬白了近半头发，人到中年，终于考上了，大有范进中举的架势。以前走路低头缩肩，唯唯诺诺地跟在司机屁股后面转，现在仰头阔步，哼着走调的流行歌曲，象征司机身份的检点锤在手中晃悠显摆，逢人就炫耀。一次，在公寓和其他同事喝酒，这位老师傅吹嘘自己考司机如何下苦功，下班回家拎包一扔，脸和手都顾不上洗，抓着书就猛背，题目抄成长短不一的小条幅贴在墙壁上，蚊帐粘着密密麻麻的纸条，方便睁眼就瞧见。书翻得破损成一块块，碎树叶似的，重新借了一本新的，也翻烂。书背得烂熟，一字不差，标点符号都不会错，随便抽一题，晓得在哪页哪行。桌上喝酒的同事大都顺着他的意思，佩服他的毅力，下了苦功夫，被夸的老师傅喝得微醺，歪着脑袋，呲着嘴，打着酒嗝，一副功德圆满的样子。邹大胆那时年轻，埋头喝酒，估计是实在听不下去了，不屑地哼了几声，嘴角一歪，撇了撇嘴，眼角扫了一下，拉长声调，讥笑地说："不就考个司机，港（说）得那么夸张。"同桌有人掩嘴捂笑，老师傅顿时不快，阴沉着脸，借着酒劲，猛地一拍桌子，吼道："小子哎，你能，你考一个试试？站着说话不腰疼！"邹大胆面无表情，捏住酒杯，猛地把满满的一小杯酒灌进肚子，夹口菜塞到嘴里，筷子往桌上一甩，转身像个骄傲的公鹅一样仰头、背手，摇晃着身躯，撂下一句话："明年就考，港得那么玄乎！"第二年，果真考上了司机，成绩还比较好。

两个搭班伙计岁数比自己大，爬坡烧火，弯腰撅屁股，戽煤累得满头大汗。邹大胆固定好气门手把，拽过烧火的，叮嘱注意瞭望，拿起大锹，弓着腰，一个个轻巧连贯的弧线动作，煤炭均匀地洒在炉床上，蒸汽机车拉着长长的车皮像背负重物的挑山工，冒着白烟，轰隆轰隆，缓缓平稳地前行。爬过坡道，邹大胆把锹扔在煤堆上，坐到司机位置，掏毛巾擦把汗，猛吸一口烟，哼着小调，继续开车。

伙计工作有个闪失，轻的提醒一下，重的当面板着脸，瞪大眼睛，指着鼻子狠骂，唾沫星子都能溅到脸。但他说完就算了，像一阵风刮过，不留痕迹。

公寓的房间里一堆人在闲聊，一位老师傅边抽烟，边嫌弃地吧嗒吧嗒地数落着年轻伙计的种种不是："手脚不勤快，烧火顶不上汽，爱计较。"邹大胆坐在旁边抽烟，斜眼鄙视地瞟了一眼说："小伙子才上班，城市长大，从小娇惯没干过重活，老是洒饭票子（方言，四处散播不好言论）哈有（方言，有什么）意思？有什么话，当面港港不就行了！"老师傅被怼得涨红了脸，站起身，指着他的鼻子咆哮："港他好，有本事你带！"邹大胆猛抽了口烟，把剩下的烟头扔在地上，狠狠地用脚碾碎，不紧不慢一字一顿地说："我带就我带，好大的事！哪个不从伙计一步步干过来的？"这个伙计很快跟邹大胆上班，关系处得很好，私下一直把他当受业师傅敬重。

后来跑同条线路，没在一起搭班，公寓倒是常碰面。邹大胆身材魁梧，长脸，笑起来嘴巴歪到一边，烟瘾大，见到他嘴里总是含着烟，右手食指和中指熏得铜黄，仿佛镀了一层洗不掉的黄锈漆，满嘴牙熏得黄黄的，眼睛眨巴眨巴。下班套着油渍斑驳的工作服，拍了拍身上的煤灰，洗个手，象征性地擦把脸，有时图省事，拿毛巾揩揩眼屎，一屁股歪到食堂的板凳上，和对脾气的同事大口喝着劣质白酒，抽烟，天南海北地闲侃，不喝到满脸通红，走路歪倒踉跄，白色的眼屎挂在眼角不罢休。与平常的寡言少语判若两人。摇摇摆摆地挤上牌桌玩耍，房间人多，打牌的、看牌的，都抽烟，门窗关得严实，昏暗的灯光下，烟雾缭绕，经常下班赌到上班。输完或挤不上牌桌，邹大胆就在旁边看牌，但从不多言，帮忙倒茶递水。有的同事赢了，叼着烟，扔给他几张票子，嘚瑟地挥挥手说："老邹，买毫卤菜和酒，到食堂把饭菜搞一哈子！"邹大胆抓过钱，屁颠屁颠地去忙乎。年长的同事摇头，私下里板着脸骂他："几十岁的人，开车都好多年，被这帮孙子当小二使，就为了蹭吃蹭喝？"邹大胆抓了抓头，咧着嘴，笑嘻嘻地说："话到你嘴里这么难听，上班累得像狗，下班凑在一块儿，图的就是个乐子！"转身吹着口哨，忙去了。他老婆管钱管得紧，有时被借钱的同事堵住，他弯腰赔不是，不停地摸下巴的胡须，满脸尴尬，承诺尽快还，想方设法从节煤奖里扣一点儿，虽拖得久，但他借钱从不赖账，大家对他守信还是认可。比那些一屁三谎、满嘴跑火车的人强很多。

邹大胆喝酒烂醉，也有耳闻。一次下班，在外面喝完酒，冒着雨，跌跌撞撞，摇晃着回到公寓，完全是个泥人，浑身上下沾满泥浆，满嘴浓重的酒气，眼睛半闭，脸上不知道在哪里剐蹭，一道道口子，还挂着血迹，钻进房间，草草洗漱睡觉。还有一次，晚上与朋友喝酒，半夜没回家，打电话通着就是不接，老婆找不到人，怕出事。一起喝酒的朋友从被窝里爬起，恨不得抽他耳光，心里一遍遍地咒骂，顾不上自家老婆数落，抓过手电筒，边找边喊。寒冷的冬天，风肆虐地扫荡着寂静的街道，枯黄的落叶被吹得四处逃窜，昏暗清冷的路灯下，邹大胆孤独地坐在水泥地上，死死地抱着冰冷的电线杆，仿佛周围一片汪洋，搂着救命的稻草，一口一个"兄弟"，倾诉心中的不如意，边说边哭，不时地拍打抚摸电线杆，满脸是泪。劝半天，大概哭累了或酒劲上来，瘫软在地，如一堆烂泥，连扶带拽，勉强拉走。

暑假周末，公寓女服务员上班，小孩在桌上写作业，休班乘务员在旁边出谋划策，正为一道数学题紧皱眉头，抓耳挠腮，邹大胆下班站在窗口等拿房间钥匙，斜瞥了一眼，嘴角微微歪了一下，淡淡地说："加一道辅助线就行了！快给我钥匙！"所有人怔怔地望着他，不得其解。他摇了摇头，眼神不屑地抓起草稿纸画了画，讲了几句，母女俩频频点头。问了好几题，都迎刃而解。惊问原因，他开心地嘿嘿笑，眼睛眯成缝，说女儿上中学，为了教她，把书本重拾起来。谈起女儿，邹大胆颇为得意，眉宇舒展，笑得畅快，轻松考上了重点中学，在班上方方面面都优秀，聊起教育小孩的心得也是一套套的。邹大胆挎起背包，钥匙套在食指上晃悠，哼着小调，转身离开。

在场的很多人都露出惊讶之色，想不到邹大胆有这一手。知根知底的老师傅说："想当年邹大胆上学脑子转得快，也是一名优秀生，兄弟姊妹多，经济困难，不得不放弃考大学的机会，招工上了铁路，论长相谈不上帅，年轻时套上新衣服，也是有模有样。"老师傅摇摇头，长叹了一声继续说，"可惜找个老婆，骨子里瞧不起他家人，自己没房子，不得不和岳父母挤在一个屋檐下生活。"邹大胆随意洒脱惯了，矛盾冲突越来越大，吵过闹过。为了女儿，只好委屈自己，到家像个瘪三躲在角落里，很少吭声，白眼和冷嘲热讽简直是家常便饭，所以才搞成现在这个样子。

时间过得很快，换成内燃机车。上班工作环境好了很多，不需往煤堆里钻，也不需要出啥繁重的体力。很多乘务员上班一套整洁的工作服，下班一套清爽的衣裳，头发喷摩丝，皮鞋擦得铮亮，走在街上，俨然出门旅游或与朋友喝茶的节奏，全然没有蒸汽机车时代灰头土脸的痕迹。但邹大胆仿佛还未从以前的环境中走出，上班工作服，下班还是工作服，只不过换了一套，胡乱塞在包里，套在身上皱巴巴的，鞋子沾满泥灰，从不擦油。有人当面调侃，走在大街上给铁路做形象代言，也有人背地里说给铁路工人丢脸抹黑。

听说邹大胆在外面玩得越来越疯狂，跟门面房里的按摩女纠缠，似乎要弥补青春的遗憾，发泄这么多年心中的憋屈。单位管理越严越规范，他无心钻研业务，工作中大事不犯，小事不断，让领导头疼不已，批评考核，谈心交流，依旧油盐不进，一副吊儿郎当的架势。长期无节制的生活，身体如被掏空的煤斗，大不如以前。头发、胡须甚至连眉毛都掉光，整个人光秃秃的，像被拔了毛的瘟鸡，病恹恹的，脸色蜡黄。

很多乘务员都不愿与他搭班，甚至在公寓候班都不愿在一个房间睡觉。关系不错的同事劝他看病，日子还长。他长叹了一声说，在吃药。再问，不愿多说。

最后让邹大胆干日勤辅助。他收敛很多，酒戒了，烟也抽得少了，下班就回家，岳父母已去世，买了大房子，在装修，岁数大了，夫妻感情缓和，吵吵闹闹大半辈子，相互有个陪伴。女儿大学毕业找到不错的工作，已成家。

去省城的火车上我碰见好几次，邹大胆拎着装CT片的化验袋和各种药品，问啥病，他打岔，问急了，说没事，小毛病。胡子、眉毛都长出来了，头发也长了不少，剃成平头，白发偏多，仿佛下了层薄霜。瞅上去不再刺眼，只是脸色灰白暗淡，仿佛刷了石灰水的旧墙，多了几分沧桑和衰老。他依旧谈笑风生，房子快装潢好了，这次老伴依着自己做主，装得大气简约，是想要的味道。过几年退休，退休金足够日常开销，公积金等各种钱取出来，卡里存着，先游欧洲，再去美洲逛逛，亚洲都在附近，最后玩，国内更不在话下，随时随地去，花个三年五载游遍全世界。外国的风土人情和旅游攻略，没事就在家做功课，免得让外国佬笑话咱们没文化，越说越激动，不停地用手比画。他的脸上透出少有的幸福红晕，露出烟熏的黄牙，皱纹堆积在一起，如揉搓的废旧砂布，眼睛炯炯有神，仿佛这一切就像飞驰的火车，很快到达目的地。他沉默了一会儿，出神地望了望铁轨边向后飞驰的景物，轻轻拍了拍有些灰尘的窗户，摸了摸袋子里的药品，紧紧抱在怀里，像是抱着未来的希望，长叹一声说，那样这辈子就没白活了。

我又盯了盯讣告，记忆中的邹大胆如同这薄薄的黄纸，在人们的叹息扼腕中，渐渐地破碎烂掉，如枯叶飘落泥土，悄无声息，仿佛不曾来过。

老 奶 奶

　　在我八九岁的时候，村头面坊拐角处，有一间低矮的草屋，屋里住着一位年近七旬的老奶奶。老奶奶个头矮，佝偻着腰，瘦弱单薄的身躯仿佛一阵风就能刮倒似的。老奶奶经常一个人孤零零地坐在门口的小木板凳上，充满善意地看着来来往往的行人。

　　老奶奶丈夫姓李，早逝，她独自把一双儿女拉扯大。儿子住在村东头的小山坡上，红砖青墙瓦屋，养了两个女孩、一个男孩。老奶奶因为个子矮，我的父辈都叫她"矮婶"，我和小伙伴都亲切地叫她"矮奶奶"，她都笑呵呵地答应。矮奶奶家附近有几棵大槐树，再往前是我们村生产队的大片空阔的晒谷场。矮奶奶为人和善，整天对人不论大小总是乐呵呵的，对我们这些小家伙的调皮捣蛋总是宽容地笑笑。倘若我们过分夸张地孬玩，她的批评也是和风细雨，只是希望我们收敛一些就行了。矮奶奶家门口冬天窝风，不冷；夏天有成片的树荫，凉快。矮奶奶爱干净，简陋贫困的家收拾得看不见一丝灰尘,屋里的东西摆放得整整齐齐,就连门口也打扫得清清爽爽。我们小孩子知道矮奶奶心眼儿好,在空阔的晒谷场上做游戏,疯玩累了,都喜欢跑到她家门口歇一歇。矮奶奶总是笑眯眯地问我们是不是口渴了,拿着破了沿的碗倒些开水让我们喝,看我们像几天没有喝水一样咕咚咕咚地大口喝着,她心疼地劝我们小心点儿,慢慢喝,不要烫了嘴。

矮奶奶田地都让儿子种,每年除了给六担米,其他的什么都没有了。矮奶奶平常烧菜的油、盐都眼巴巴地指望远嫁他乡且日子过得并不宽裕的女儿托人捎来,油、盐、酱、醋儿子是根本不管的。矮奶奶非常节俭,平常衣服都是洗得发白且打上补丁,只有过年才穿上新衣服,听说是女儿帮她裁做的。日常开销都是靠养几只母鸡下蛋,舍不得吃,卖掉换来的。矮奶奶的餐桌上几乎看不见带荤腥的菜,每天都是清汤寡水,素淡得很。矮奶奶总是跟村里人说自己苦命,大荤大肉自己消化不了,吃了肚子不舒服,还是素淡的饭菜对身体好。村人们不忍伤了老人的心,都违心地微笑点头应承着老人的话。

村民看她可怜,有时路过丢下一点蔬菜,但远远不够。平时没蔬菜吃,矮奶奶只得在离家四五里路的坟堆旁边,清理了几筐小石头,累了好多天,总算刨出了一条窄窄的菜地。在这点贫瘠的土地里种些耐旱的蔬菜,矮奶奶每天像服侍娇嫩的婴儿一样精心打理，但收获很有限，青菜常常是吃了上顿没下顿。矮奶奶平常从不抱怨什么，在别人挖过的土豆或是红薯地里，等人走后，悄悄地翻挖些主人丢弃的比乒乓球还小或是挖破的红薯和土豆，像收获珍宝一样用竹篮拎回家，细水长流地维持着生活。夏天天热，酷暑难耐，矮奶奶用搭在肩上的毛巾揩去汗水，捧着碗吃不下饭。于是矮奶奶用一碗开水撒些盐，滴上几滴香油，自制了一碗没有菜的汤。我小时候好奇地问："这是什么汤，怎么看不见菜星子啊？"矮奶奶笑眯眯地解释说这是防暑汤，便宜好喝，做起来方便，很下饭。矮奶奶人品很好，再饿再穷，也绝不做偷盗摸取的坏事。就是二十世纪六十年代的"三年困难"时期，也从不偷人家的一根葱、一棵菜，孤苦地熬日子。村人们心里都敬重矮奶奶的人品，暗暗数落埋怨他儿子和媳妇的不孝。

　　矮奶奶的儿子是个懦弱老实的庄稼汉，儿媳却是长相壮实、粗胳膊粗腿，整天板着脸很少看到笑容，头上没有几根头发。矮奶奶儿子在家根本做不了主，有一年儿子私下里给矮奶奶几块钱和二斤香油，不知道什么原因被媳妇知道了。媳妇狠狠地扇了丈夫两个响亮的嘴巴子，推开一路低声劝阻的丈夫，到矮奶奶门口骂了足足两个多钟头，骂得难听恶毒。很多村民看不下去了，有个头发白稀的老人站出来批评骂人的儿媳，说她也是父母生养的，怎么不知道最起码的廉耻，简直败坏了村里的风气！儿媳指着老人的鼻子，把矮奶奶连老人一块儿骂，还扬言要把矮奶奶送到老人家里生活。矮奶奶又气又急，连忙向老人道歉，并且低三下四地向儿媳哀求不要再骂下去，就差当场下跪了。围观的人七嘴八舌地指责这个媳妇太过分，闻讯赶来的村主任扯着嗓子发了一通火，扬言要把骂人的儿媳送到派出所里关几天，好好反省反省。骂人的儿媳才觉得心虚，骂骂咧咧地走了！村主任看着骂人媳妇的背影狠狠地警告她："人在做，天在看，你也是有儿有女的人喽！"我第一次看到总是乐呵呵的矮奶奶流下了委屈的泪水，抹了抹发红的眼睛，转身进了自己简陋的草屋。我和小伙伴都把她的儿媳恨透了，不管在什么地方看见了她，都口中大喊："死秃子来了！坏秃子来了！"气得矮奶奶儿媳找我们父母去告状。父母轻描淡写地当着她的面把我们骂了一顿。但是我和小伙伴都觉得矮奶奶受了天大的委屈，看见她依然喊："死秃子来了！坏秃子来了！"眼神中透露出鄙夷的神情。她拿我们小孩子也没有办法，只好气哼哼地嘴里咒骂着快步走开。

有人劝说矮奶奶应该整治整治儿媳妇，我们大家给您做证，不行就把她告到政府去，我们就不信她能吃了您。矮奶奶苦笑着说："娶到这样的儿媳也只好认命吧，她过门的时候，我家的确什么都没有，穷得跟水洗的一样！吵吵闹闹只能让儿孙受罪受气，一家人搞得鸡飞狗跳。我都快入土的人了，只要儿孙们过得好，我能凑合着过就算了吧。"矮奶奶一再感谢村里乡亲的好意，劝说的人只好摇摇头，无奈地转身离去。

农闲或下雨天，村里有的妇女和矮奶奶儿媳拉家常，有意提醒她应该善待自己的老婆婆，毕竟自己也是做长辈的人了。矮奶奶的媳妇却理直气壮地说："我是对她（婆婆）态度不好，我承认！但你们不晓得吧，我过门的时候，除了三间茅草房屋，屁东西都没有。就连睡觉的床还是用板凳和木板凑的。是我和老李起早贪黑地在田地里刨，公社里最苦最累的拖板车没人干，我和老李咬着牙拼命干，这些你都是知道的啊？你问问那个老不死的，家里什么东西不是我慢慢置办的，那个时候她死到哪里去了。"妇女笑着说："矮婶不也帮你在家烧锅捣灶（方言，烧饭烧菜）、照顾几个小家伙吗？""奶奶带孙子，难道不是应该的？还好意思拿来表功？最让我一辈子都心里过不去的是当时介绍她（矮奶奶）家情况时，居然好意思和媒人说家境还好——穷成这个样子能叫还好？害得我那么老远（跨省）嫁过来，脸都气绿了！"说完满脸怒容，眼睛里好像要喷出一团火似的，妇女只好岔开话题。后来，愿意和矮奶奶儿媳在一起闲谈家长里短的妇女很少了，谁都不想听她那一套歪理。

有一年深秋，我从镇上回来，路过矮奶奶家，口渴难耐正准备敲虚掩的门进去喝一碗水,却听见矮奶奶的说话和叹息声,便好奇地伸头从门缝里往里看,矮奶奶瘫坐在竹椅子上,眼睛红红的,脸颊上还有泪痕,手里捧着她丈夫的遗像,满脸凄苦地说:"死老头子啊,你死得那么早,去享福了。我苦熬了几十年,好不容易把他们搞成家,想不到这个秃子媳妇这么恶毒,简直不让我活!"说完擦了擦眼泪,用手拍打着自己的膝盖,接着说,"别人都叫我去政府告这个秃子,好好治治她。我也是恨得牙痒痒,堵得慌啊!我就怕搞不好把儿子家拆散了,我到底下(死了)怎么见你啊?"说完竟呜呜地哭了起来。我不知所措,也忘记了口渴,一口气跑回家把看到的告诉母亲。母亲听后无奈地摇摇头,长叹了一口气,叮嘱我不要往外说,怜爱地摸着我的肩膀说:"小三保哎,长大后千万别学她的儿子那么烂脓,要不然我和你大大(父亲)就算白养你了!"我渐渐长大,看见母亲对奶奶无微不至地照顾,奶奶去世后,几个婶婶都一个劲儿地在亲朋好友面前讲述自己如何如何孝顺,但照顾最多的母亲却一言不发。我事后埋怨母亲为什么不说,母亲淡淡地说:"服侍照顾上人是做下人(晚辈)天经地义的事,又不是给人看的,有什么好港(说)的呢?"我想起矮奶奶的遭遇,以及母亲照顾奶奶的言行,心想长大了一定要像母亲一样孝顺!

矮奶奶终于在一个夕阳如落幕红布的傍晚,静静地离开了这个世界，也彻底告别了她贫困潦倒的一生。矮奶奶的茅草房被拆掉了，两个孙女中学毕业都去深圳打工，孙子也上初中了。矮奶奶的儿子和儿媳住上了令村民羡慕的两层楼房，家里也置办了当时少数人家才有的家用电器。有些眼皮浅的人居然和矮奶奶的儿媳打得热火，嘴里啧啧地羡慕她有本事，但是村里大部分人对她敬而远之，私下里闲聊时都摇头叹息，儿媳对矮奶奶太厉害，这种人就是家有金山银山也不能处。"人生一世，草木一秋"，对自己上人都不好，还能指望她对别人怎么样？

我刚上初中不久，矮奶奶的儿媳就得了不治之症——食道癌。儿媳吃得越来越少，越来越瘦，慢慢地只能靠营养液维持，最后整个人瘦成一团，简直就是一个皮包骨的怪物。夏天的傍晚，我偶尔路过，看见矮奶奶的儿媳像个包着皮的骷髅，有气无力地坐在自家门口的凉床上纳凉。眼睛深凹下去，像两个黑黝黝的深渊。虽然她的女儿也坐在旁边照顾她，我还是吓得掉头就跑，生怕晚上睡觉做噩梦。村里有些人叹息，矮奶奶的儿媳好不容易过得像模像样却生了这种病。但更多的人是既同情又痛恨：同情儿媳遭受这种病魔无情的折磨，痛恨儿媳当年对矮奶奶过于刻薄，得绝症活该。

听父辈人闲聊说，直到生病，矮奶奶的儿媳才开始反省自己对婆婆的恶毒，迷信地认为是地下有知的婆婆在刻意惩罚自己。媳妇不止一次亲自带着丈夫、儿女到婆婆的坟前，带上酒菜，甚至带上草纸和扎好的纸糊的楼房，痛哭流涕地忏悔，一个劲地磕头作揖，希望婆婆能饶恕自己的不孝，看在婆媳一场的份儿上，最起码别让自己活得如同人间地狱般痛苦受罪。但无济于事，儿媳仍带着沉重的愧疚咽下了最后一口气。我听说后，对矮奶奶儿媳的厌恶感减轻了不少，心想不管怎么说她到底还是承认了错误，有了真正的忏悔之心。"朝闻道，夕死可矣"，比那些死不悔改的人要强得多。

我长大后，到外地求学，毕业留在城市成家立业，回老家的次数慢慢减少。耳闻目睹了太多儿媳和婆婆之间的是是非非，我每次回到老家，经常看见当年的媳妇辈都已成了弯腰驼背的老奶奶。脑海中不时浮现身材矮小的矮奶奶和一脸凶相的秃子媳妇，心中长叹不已。不管时间如何流逝飞转，也无论是城市、农村，孝敬父母、孝敬长辈都是为人子女安身立命之本，代代相传，历久而不衰——如同小时候父母含辛茹苦地养育我们、呵护我们一样。

耙松毛

　　天气越来越冷，回老家探望年迈的父母。深夜，我躺在床上，翻来覆去无法入眠，透过窗帘的缝隙看见一轮满月挂在天空，窗前的树影随风摇曳，母亲晚上和我闲聊的往事，勾起了我对往昔的回忆。

　　小时候的冬天，雨雪天气，母亲和大婶们在一起缝缝补补，除了闲聊家长里短，商议最多的就是什么时候到山上去耙松毛。听小伙伴说和大人耙松毛的种种趣闻，我心中便有些向往，回家央求母亲带我去。母亲笑着说："小家伙哎，耙松毛又苦又累，你以为是去玩啊！"我依旧吵嚷着要去，母亲被缠得没办法，只好同意。我还要母亲像其他家长一样给我也准备了一副小扁担和绳子。

　　第二天蒙蒙亮，村庄一片安静，母亲在窗前低声喊我的小名（那时我在伯父家睡觉）。我在睡梦中被叫醒，一骨碌爬起来，匆匆吃了早饭，连蹦带跳地和母亲出了家门，村口有几个约好的乡亲在等我们。野外的空气有些清冷，冷风吹得鼻子一阵隐隐地酸痛，我下意识地缩了一下身子，裹了裹身上的衣裳。路过的村庄偶尔听见几声狗叫和公鸡的打鸣声，零星有几个村民背着农具出门干活，路边的枯草上点缀着浅浅的白霜。

从大路到河堤，穿过好几个村庄，终于到了山脚下，爬到半山腰，便各自散开。母亲用篾制的耙子四处弯腰搂散落在松树下的松叶，让我捡落在地上的松果和枯死的树枝。我突然看见一棵野柿子树，树上的柿子只有乒乓球大小，但熟透了的果实颜色深黄中夹着淡淡的红，特别惹人喜欢。我摘来一把，在衣服上擦一擦，自己尝尝，味道微甜，吃下去从喉咙一路清凉，然后扩散到浑身。我赶紧跑到母亲面前递给她吃，母亲吃了一个后，笑着说味道不赖，并一再嘱咐我不能多吃，否则会肚子痛。

临近中午，阳光透过树缝斑驳地洒在身上，我们身上穿的厚厚的外衣早已热得脱下来挂在树上，耳边不时听到几声鸟叫。我又累又饿，瘫坐在一块大石头上，母亲从布袋中拿出炒好的锅巴和炒米让我吃。她自己把松毛捆好，也帮我扎了两小捆，看我吃得差不多了，让我试试。我试了一下，不屑地说："妈，这也太轻了吧，你再多加点！"母亲笑着说："路远，你平常没挑过担子，今个（天）先把这么多搞回家再港（说）吧！"我心中不服，母亲也太小看我了吧？况且其他伙伴的担子都比我的大，我又逞能说再加一些，母亲摆摆手说到路上再说。

吃过简易午餐，休息片刻，大家便依次下山往回走。刚开始我不觉得肩上的担子重，因为要强，故意快步走在最前头。但越走越觉得担子重，肩膀磨得生疼，我停下来，换了个肩膀，但走了一段路，还是疼。脚下发虚，肩膀上像压了一座山，真恨不得把担子一撂，甩手走路。想起我在山上的豪言壮语和母亲的告诫，心中顿生悔意。我挑着担子踉踉跄跄，同村的大婶笑着说："三保一看就是念书的料，不是干这种苦力的命！"我被说得满脸通红，几个小伙伴比我挑得多，走路稳健，已经走在前面了。我又急又气，咬牙想往前赶，身子更加歪歪斜斜，随时有可能跌倒。母亲在身后赶紧叫我停下，把我的两小捆松毛重新捆到她的担子上。我嘴里还逞强："我能挑得动。"母亲没说什么，只是咬咬牙，吃力地重新把担子挑起来，嘱咐我拿好脱下的衣服和装干粮的布袋子。我看着母亲被担子压得弯曲的背影，脸上火辣辣的，心中一个劲地埋怨自己。

随着煤气在家乡的广泛使用，村里已没人再走那么远的路把松毛了。但是把松毛时发生的一幕幕仿佛就在昨日，母亲在生活中用言行教我做人的道理，如同故乡的大地一样朴实，潜移默化地影响着我的为人处世。

卖小百货的老奶奶

上小学时，无论刮风下雨，学校教室拐角处的老槐树下，总能看见一位头发花白的老奶奶，坐在一张小木头板凳上，面前摆着一副货郎担子。周末或者农闲，影院唱戏、放电影，甚至离我们家好远的邻村放露天电影，也经常能见到她熟悉的身影，守着小摊子，安静地看着来来往往的行人。

老奶奶两个木头箱子似的货柜，简直就是神仙手中的魔杖，能瞬间变出很多让我们眼馋的零食。箱子里有各种档次的香烟，其他大都是小孩爱吃的零食，倘若我们口袋里有几分钱，会迫不及待地走上前去，买个小糖，边走边炫耀似的吮吸。

我一下课，或者到电影院门口溜达，总喜欢睁大眼睛盯着老奶奶的糖果看，馋得直咽口水，她只是善意地看着我们这些小孩。守着这么多好吃的，但我却从没有看见她吃一颗糖，当时觉得她太傻太抠。

有一次中午放学，隔壁班一个调皮捣蛋的学生，口袋里布贴着布，没有一分钱，因为嘴馋，趁围在她摊前买东西的学生多的时候，居然顺手牵羊地偷走了一块大麻饼。老奶奶很快发现少了麻饼，气得浑身哆嗦，脸涨得通红，嘴里嘟囔着，又紧张地反反复复检了好几次货箱，还是没有找到，失望写满了整张脸，没有了往日的从容。等找到时，偷嘴的学生已经在僻静的地方吃得差不多了。班主任大发雷霆，不仅用教鞭狠狠地打了学生的手心，还勒令家长来赔礼道歉，否则就不要来上学了。没想到让老奶奶给拦住了，笑着说："哪个小家伙嘴不馋？晓得错就照（成）了，麻饼一毛二就赔一毛整钱，零钱就算了。我实在是困难，不然都不会张这个嘴要钱喽！"班主任激动地指着老奶奶对偷嘴的学生说："你哈知道，人家老奶奶生活多不容易？做个小生意风吹日晒。嘎（家）里还有个残疾人，一天能挣几个钱？你怎么能下得去手？"偷嘴学生红着脸，低着头，嘴里不停地说："老师，我错了！"下午那个学生带了一毛钱给老奶奶，并在全班做了检查。从那以后，再也没有听说过老奶奶摊子里丢东西了。

深秋的一天晚上，风吹在脸上已经有些凉意，老奶奶在电影院门口卖东西。一位穿着笔挺西服的中年男人，戴了一副薄薄的近视眼镜，在电影快要开始放映时，买了一包"大前门"牌香烟，应该还找五分钱。男人大概是出于怜悯，挥挥手说不用找了，转身就往电影院入口处走。老奶奶赶紧拿了包瓜子，追过去，笑着说："那不照，你已经照顾我生意了，零钱刚好够　包瓜了，边看电影边嗑嗑，图个痛快。"一边说一边往中年男人手里塞，中年男人只好接过瓜子，摇摇头，进去看电影。电影院门口的人越来越少，夜风吹乱了老奶奶额前的头发，但她却依旧微笑着守在自己的小摊前。

后来，我从父母的口中得知，老奶奶住在距离我家不远的一个村庄里，已经六十多岁了。老奶奶出生时，家境富裕，嫁了个条件不错的丈夫，却生了个瘫子，双腿完全不能得劲，两只手还畸形。没过几年，丈夫因病去世，剩下她和残疾的儿子相依为命。老奶奶身材瘦小，种田的体力活根本干不了，便找人打了一副小货箱，卖个小百货，艰难地过着清贫的日子。残疾儿子一开始只能待在家中，四处摸索着墙壁爬。老奶奶狠狠心，花钱打了副木头拐杖，一有空，便陪着儿子架着拐杖在门口的晒谷场上尝试着走路。儿子开始经常跌倒，甚至跌破头皮，有好几次把拐杖一甩，干脆往家里爬，死活不再用拐杖了，并不停地捶打自己残废的四肢。老奶奶拾起拐杖，像哄小孩一样劝儿子，凡事开头难，慢慢地就好了，总不能一辈子不出门吧！儿子也不知道跌了多少跤，终于慢慢地能拄着拐杖行走了，老奶奶激动地用衣袖擦了擦眼角的眼泪。

听说有一次儿子因为拄着拐杖走到街道上，被有些势利的人像看马戏团的小丑一样指指点点，各种各样的嘲笑和讥讽传到儿子的耳朵里，回到家，越想越觉得活着简直是累赘，起了轻生的念头，被老奶奶发现，母子俩抱头痛哭。老奶奶告诉儿子，即使老天对我们再不公平，命再薄，就像田里的草一样，但是既然来到了这个世界，无论如何都要尽量好好地活下去。简单的家务活，比如淘米烧饭，在老奶奶的鼓励下，儿子慢慢学会了。老奶奶说得最多的话是让儿子有最起码的自理能力。虽然儿子只能帮别人勉强干一些看鸭子、放牛的小事，但老奶奶仍然很欣慰，经常在能聊得来的人面前夸自己的儿子已经能干不少事情了。

老奶奶家里的田，她自己种不了，只能给丈夫的几个兄弟轮流种，每年给几担稻子，蔬菜靠菜园里几垄地里刨出来，紧紧巴巴够吃。但我从未看见老奶奶流泪叹气，她留给我的印象都是嘴角带着和蔼的笑意。

老奶奶穿的衣裳很简朴，甚至打着补丁，但缝补得很妥帖，洗得干干净净，没有一丝拖拖挂挂的邋遢；头发也梳得很整齐，用头绳扎好。虽然她的儿子是个残疾人，但衣服穿得干净，不像有些残疾人弄得如要饭花子般看上去脏兮兮的，让人掩鼻嫌弃。

时间过得飞快，转眼我已经上初三了。深秋的傍晚，母亲和同村的李婶耙松毛回来的路上，夕阳西下，刚好与老奶奶同路。老奶奶与李婶还沾一点亲戚。几年下来，听母亲说老奶奶头上的头发全白了，腰佝偻得厉害，挑担子似乎比较吃力，只是穿着还保持着朴素清爽。老奶奶和我的母亲、李婶一路走一路闲谈。老奶奶叹了一口气说："我个（这）把老骨头一年不如一年，晚上睡觉浑身疼，不晓得哪天腿一蹬就走了！我嘎（家）那个瘫子怎么活哟？难不成要到处乞讨要饭过叫花子日子？"我的母亲和李婶静静地听她讲述，提了好几条建议，都被老奶奶摇头否决了，再也想不到好办法，只是默默地陪着她叹息。老奶奶又说："最好能送到大队养老院，孬好有个照应和保障。我往大队书记嘎（家）、小队长嘎（家）、乡政府不晓得跑了多少趟，两个手指头都数不过来了，好话港（讲）尽，恨不得给他们磕头烧香都不照。关键是一年要出几担稻子给养老院，死鬼几个弟弟都不愿意出，都说平常给的稻子就不少了！哪个愿意给，我们把地给他，村里没有人愿意接受，讨论来讨论去，都没有一个结果。"说完，老奶奶不知是在擦汗，还是在擦委屈的眼泪，最后态度坚定地说："再不行，我去县政府，我就不信，我这个快入土的人和残疾儿子就没有人管了，我又不是去瞎闹，我是真的搞不动了，有一毫办法我都不会去麻烦别人。"走到了两村的岔路口，老奶奶和我母亲、李婶彼此挥挥手，走在各自回家的路上。

我听完母亲的讲述，心中祈祷老奶奶和残疾儿子未来都有一个好的安稳生活。

初中毕业，我去外地上学，渐渐忘记了这位卖小百货的老奶奶。多年以后，偶尔在一次亲戚们之间的闲谈中，我听到老奶奶为了自己儿子的事情四处奔波了很多年，终于有了结果：乡政府和大队里各出一点补助钱帮助老奶奶的儿子养老。老奶奶去世前终于将残疾儿子送到了养老院，她省吃俭用还余了一些钱留给瘫子儿子当零花钱。我眼前想起老奶奶坚毅的目光，心中长长地舒了一口气，为老奶奶的儿子最后有一个好的归宿感到欣慰。

露天电影

　　二十世纪八十年代初，在我家乡偏僻的江南小镇，电视基本上是停留在老百姓口头说说的奢侈品，每年秋后农闲到各村看露天电影，就是人们日常生活中最大最隆重的娱乐节目。

　　在某村放电影的消息像风一样四处飘散，传遍周边各个村庄的田头地脚。放电影村的村民们一家家就像过节一样，打扫干净自家的房前屋后，买来丰盛的菜肴招待来看电影的客人。当初秋的太阳渐渐偏西，空阔的晒谷场上早早竖起一面大大的白色帆布，像一块磁铁一样吸引着四面八方爱看电影和爱凑热闹的人。

　　当夕阳收进它最后一缕金黄色的光时，那些闻风赶来的小商小贩们，有的挑着两个大大的篾箩筐，箩筐里放着各式各样的小糖、瓜子、香烟、火柴等，有的挑着大大小小又香又甜的西瓜、香瓜等，早早地站在各个路口，向来来往往的人推销着自己的商品。

村民陪着客人，喝酒喝得微红着脸庞，三三两两手里拿着或长或短的板凳一边走，一边讨论着今年庄稼的收成，在黄昏的微风中去晒谷场上寻找一个适合看电影的位置。当然最高兴的是我们这些十四五岁的调皮少年和二十出头的青年男女。我们最喜欢凑热闹，如果能从父母的口袋里要来毛儿八分的零钱那就更好了，在这个瓜子摊前看看，在那个卖冰糖葫芦的眼前瞅瞅，仿佛自己是个富翁，其他小伙伴就像尾巴一样跟在身后。我们会一下子跑到放映机旁边目不转睛地看这个电影里的人是怎么出来的，一会儿跑到电影的屏幕后面看反面电影；用我们简单的爱憎对电影里的"坏蛋"咬牙切齿，对那些"英雄"佩服至极。在看过电影后的一段时间里，我和几个伙伴经常在村头巷尾"切磋"比画着英雄们的各种招式，争论着谁的武功更高强。

　　对于那些未婚的青年男女，这种场合简直就是天然的婚介所。女孩子们在家里的穿衣镜前不厌其烦地试着各种衣服，对着镜子做各种不同的表情，最后自己都忍不住笑出声来，出门时一个个都打扮得花枝招展；男青年早早地把自己收拾得清清爽爽，头发被廉价的摩丝擦得发亮，梳得没有一丝凌乱。男青年通过同学或朋友向自己心仪的女孩子献殷勤，当然也会很爽快地买来瓜子或其他零食讨好女孩子。女孩子开始大都比较矜持，板着脸很少说话。随着电影里故事情节的不断深入，男青年不断厚着脸皮地讨好、搭讪，女孩子脸上的表情慢慢地变得柔和起来，往往一段段无奈或美好的爱情就从这里开始。

电影结束后，人群一下子像泼出去的水向四处散去。初秋的深夜是安静的，路过村庄时，劳累一天的人们早已进入梦乡，几声狗叫过后很快恢复了平静。我们三五成群地走在乡间的小路上，有一次去离家七八里路的村庄看电影，放映结束后，我和年龄相仿的辉、堂弟金跟随着同村几个大男孩一同回家。路过两边都是坟堆和树林的地方，前面一个大男孩突然恶作剧，大喊一声："吧，有鬼！"自己带头跑了起来，后面的人跟着也跑了起来，我跑在最后，怕得两腿发软，跑的时候被脚下的小石子绊倒跌在地上，等爬起来的时候，他们已经不见踪影。昏暗朦胧的月光下，就剩下我一个人孤独地一瘸一拐地在走。微风吹过坟堆上的茅草和树林，似乎有人影在颤动，我走路的时候总感觉背后有人在跟着我，胆怯地回头扫了一眼，没有人，只有长长的影子，吓得浑身颤抖，来看电影的好心情早已消失得无影无踪！我一边哭泣一边慢慢地走，感觉回家的路似乎没有尽头，突然看见两个熟悉的身影向我跑来，原来是辉和堂弟金。他们跑了好久后，才发现我没有跟上，赶紧又回头来找，我像是一位失足落水的少年在无边无际的大海中茫然无措时，看见了救星。我一边委屈地大声哭泣一边说:"你们怎么才来啊?快把我吓死了!"原先感觉不到疼的膝盖和腿,这时感觉很痛,他们俩轮流扶着我,我们又开始谈论电影里的情节,一路有说有笑地朝家的方向走去。

时间过去了很多年,露天电影也近乎绝迹,但陪伴我整个青少年的露天电影,和看电影时发生的点点滴滴,像一曲曲经典的老歌,在心中不时地回荡。同去的伙伴现在大都为自己的生活奔波,很少见面,但纯真质朴的友谊,连同那些无忧无虑的时光,一同成为我青葱岁月里最美好的记忆。

收蛇者老季

我还在上小学，突然有一天发现乡电影院附近多了间铁棚，旁边正在盖平房和一个大院，听大人们说是一户外地人来做生意。

日子久了，慢慢知道这家男主人姓季，瘦高个，脸色苍白，看上去病恹恹的，有时还不停地咳嗽气喘。和老季同来的是瘦弱矮小的妻子、两个女儿和一个儿子。

铁棚里面主要卖各种颜色的布匹和烟、酒、糖、醋之类的百货，由老季的妻子和辍学的大女儿在店里忙碌，但平房和院子里干的才是老季的本行：收蛇，杀蛇，取蛇胆，剥蛇皮。

老季不知道什么原因来到我们这个略显偏僻的小乡镇，开始没有落脚点，他把家人安排在县城的小旅馆，打听到我们村有名的"地宝"（方言，地方喜欢管闲事，什么事情都喜欢打听的闲人）。老季好烟好酒小心伺候，央求他一定帮忙。老季看中的这块地涉及两个村庄，共四个生产队，必须每个生产队长签字盖章，最后上报乡政府批复下来才能盖房子。

老季耍了个小聪明，托人写了四张一模一样的申请表。每次到一个生产队长家去，都选在晚上八九点，约莫队长家已经吃过晚饭，但还没有睡觉休息。已经是深秋，村庄里一片安静，偶尔听到几声狗叫。在地宝的引领下，老季提着烟酒和礼品，像做贼似的轻轻敲开门，满脸堆着笑，弯着腰，讲述着自己四处像打游击一样漂泊的艰辛，渴望有个窝。老季讲到动情处，仿佛话语里都夹杂着哭腔，博得队长及家人的同情。老季眼瞅着队长不像刚来时板着面孔，表情柔和了许多，赶紧小心翼翼地递上申请表，一脸诚恳地说："麻烦队长您高抬贵手，行行好，签个字，盖个章，其他几个队长都已经填好了，就差您这一份了！"队长心想，其他人都签过了，我何必做这个恶人呢？虽有犹豫，但还是提笔签了。如法炮制，老季终于如愿盖起了房子和院子，有了安身处所。这件事，是地宝慢慢被老季冷落后，一次喝酒喝得醉醺醺地在村子中间晒谷场旁边的大槐树下闲呱道出来的。地宝气愤地说："要不是老子带他跑前跑后，他妈的老季能在这里盖房子？狗日的连队长家门朝哪个方向开都不晓得！跑江湖的没一个好种，肚子里弯弯绕太多，又奸又滑！事情搞好了，就变成了另一个狗样子。"

老季的儿子小季，比我小两三岁，正是调皮捣蛋的年纪，刚来的时候，没什么玩伴。放学后、周末，小季像跟屁虫一样在我们这些小孩后面转。小季身材单薄，经常在店里偷偷拿出一些糖果，讨好似的给我们吃，生怕被嫌弃，不带他玩。

当时电视机是稀罕物，老季家有一台黑白电视。小季有时候带我们到他家玩，看看电视节目。走进院子里，特别是夏天，一股浓烈的血腥味扑鼻而来，院子里到处是晾晒整齐的蛇皮和蛇胆。有一次恰好看见老季正在特制的长凳上剥蛇，他全神贯注、表情凝重，对我们的到来仿佛没看见一样。只见老季盯着笼子里的蛇看，瞅准了，突然从笼子里迅速拽出一条蛇，抓住蛇尾巴，用力在空中抖动，刚才还挣扎扭动的蛇一下子似乎变成了绵软的绳子。老季抓住蛇的颈部，把蛇头伸进一个固定好的小小的铡刀口，迅速将铡刀落下，蛇头便滚落到下面的陶罐里，然后开始剥皮，取蛇胆。这个时候的老季，似乎不是那个平常看上去身体虚弱的老季，动作麻利娴熟，仿佛一个技艺高超的人在展示自己的手艺。我们这些小孩看得汗毛全都竖起来了，直打哆嗦，但又忍不住好奇，从蒙住双眼的指缝间偷偷地看。但小季无动于衷，仿佛老季在干一件最稀松平常的农活。

渐渐地，老季的生意做得风生水起，各个大队甚至邻乡都有他的代收蛇点。一段时间，甚至有人专门到荒山野岭、菜园地里及枝藤缠绕的老坟堆旁边捉蛇卖给老季。

有些村民主动和他打交道，及时送上一些时令蔬菜。老季做人也活泛，吩咐瘦小的妻子从店里捎一些长期卖不动的布匹或者糖、糕点之类的，给人家送去。甚至有几个处得不错的朋友，伸手从他手里借个几十、一百救个急，老季也不含糊，一般都爽快地答应。村里有个家庭贫困的孩子生了急病，没钱看病，通过老季的朋友担保，借了两百块钱，年底还的时候，老季一分钱利息都没有收，嘴里还客气地笑着说："哪家没个急事哩！"消息传开，很多村民对他产生了几分好感。老季一家人像细雨润物一样慢慢地融入这个小镇，成了这个小镇扳着手指头数得过来的富裕人家。

老季不像刚来时，见人都赔着小心，低着头。虽然脸色依然苍白，还是经常咳嗽，但说话做事挺着胸、抬着头，显得理直气壮，闲暇喜欢捧着个茶杯在街道上四处转悠。

小季大概没在江南农村待过，乡村的许多美味都没有品尝过。有一次周末的傍晚，我正和几个伙伴在晒谷场上的土堆里烧山芋吃，他刚好路过，看我们吃得津津有味，眼睛直勾勾地看着我们手里的烤熟喷香的山芋，馋得直咽口水。我从土堆里掏出一个小山芋给他，小季狼吞虎咽，嘴里还含糊不清地说："这是我吃过的最最好吃的山芋！"我和其他小朋友看到他的夸张表情，都笑得合不拢嘴。

小季比较调皮，难免和我们村里的小孩争吵打架。一次和我堂弟打架，头和脸都蹭破了皮。老季气得脸色铁青，不停地咳嗽，摸着小季的伤口，嘴里说着我们听不懂的方言——应该不是什么好话。老季的老婆带着小季气势汹汹地跑到我堂弟家兴师问罪，却被堂婶质问得无话可说："你嘎（家）小孩先动的手，还好意思跑过来找我港理，我没有找你就不错了！"老季的老婆也不甘示弱："大伙儿看看，不管怎么港（讲），我嘎小家伙被打破皮是真的吧？"堂婶生气地吼道："就你小嘎伙不是人，是龙种？有种叫你嘎小嘎伙别到我们村里来，别找我们村小孩玩，不然讨打的日子还在后头呢！"老季的老婆见我堂婶双手叉腰，围观的村民七嘴八舌大都说小季的不对，知道遇到了对手，只好黑着脸拉着小季匆匆地走了。老季回家和小季苦口婆心地讲了一大堆道理，叫小季不要和我们这些他眼中喜欢打架操事的野孩子玩。但没有过多久，小季又和我们村的小孩玩到一起了。

老季对小季的学习抓得紧，但小季仿佛对读书没有什么热情，倒是对老季这个捉蛇、杀蛇的行当比较有兴趣。一个周末的下午，小季叫上我和村里几个胆大的小伙伴，带上蛇皮袋和棍子兴冲冲地跑到杂草丛生的老坟堆里抓蛇，忙活了大半天，还真抓到一条菜花蛇，喜滋滋地跑回家，却看见老季脸像挂面一样拖了好长，仿佛遇到了欠债多年不还的人，眼睛死盯着小季问到哪里去了，小季开始支支吾吾，最后只好如实回答，老季抽出竹制扫把里的一根细竹丝，抓住小季一阵猛打，嘴里还不停地边咳嗽边吼："叫你书不好好念，抓蛇！跟你好讲歹讲不听，非要讨打！你老子抓了一辈子蛇，你还抓！今天把你打好，长个记性！"我们不敢上前拉，只好睁大眼睛远远地看着，直到老季的妻子听到后从铁棚子里冲过来拉开。

几天后，我看见小季的脸上和胳膊上仍有被打留下的印痕，小季一下子好像变得沉静了许多。小季说，从小到大他的大大（父亲）很少打他，这次打得最狠。小季挨打后的第二天，老季和小季好好谈了一下，要小季好好念书，千万不要有这个收蛇的念头；他当年是穷，是为了谋生，没办法才干这个杀蛇的营生。小季嘴里喃喃地说："难怪我大大，每个月初一、十五在噶烧香，再忙都不杀蛇呢！嘴里老是念着请菩萨宽恕自己杀生的罪孽，原来我大大心里也是害怕的！"

又过了几年，当时一部反映民国绑票案的电视剧热播，带动了有些动机不纯的人盯上这个乡镇有钱的人家。老季有钱，但势单力薄，陆陆续续收到从门缝里塞进来的恐吓纸条，扬言说不给钱就绑架小季。老季报了警，但人却没有抓到。老季思来想去，还是卖掉房产，到城市里继续做生意。

在人们热议一阵子后，故乡的小镇又恢复了往日的平静，只是有人在田间地头捕到蛇后，会感慨地说："老季要在，还可以换几个钱用用！"

开水炉子和油炸铺子

　　小时候，每天上学、放学以及到镇上玩耍，经常路过全镇仅有的一家开水炉子和油炸铺子兼做的门面。早上开水炉子前打水的人三三两两，油炸铺子前来来去去的人却很多。揉捏成型的面粉下到油锅里"呲"一声响，散发着诱人的香味，馋得我直咽口水，眼睛直愣愣地盯着，慢慢地走过去，有时还忍不住回头望一眼。傍晚开水炉子前提着水瓶、水壶排队的人熙熙攘攘，不大的锅炉边氤氲成一片薄薄的水雾。

　　这家门面的男主人姓华，满脸的络腮胡，大高个子，人长得壮实，小眼睛，整天阴沉着脸。每天清早，老华像玩杂耍一样和面、滚粉，切成一个长条，再拉长，顺势一摔，面粉即成型，然后往锅里轻轻一放。女主人用一双长筷，在油锅里上下翻动，夹出一根根黄澄澄饱满的油条或者紧致的麻花放到铁篮子里滤干。老华平常话少，只是埋头在案板上忙；女主人身材瘦小，圆脸，每天都面带笑容，心情仿佛春天绽放的花朵，看见熟人老远就打招呼，对每一个顾客都很热情。

家中有四个小孩，全是男的，听说生完两个男孩后，全家都盼望着再生个女孩，可每次盼来的都是"带把的"。女主人经常和知心的朋友叹息："噶（家）里没有一个姑娘，浆洗缝补不港（讲），老了伤风咳嗽都没有人照料，更别谈大病大灾哟！"朋友都安慰她，娶个贤惠媳妇孝顺一个样，女主人只是呵呵地笑。

　　女主人的手脚大概是年轻时受了寒气，一到冬天见水就疼痛得厉害，而且力气小，冬天洗被子、棉衣经常麻烦我的母亲帮忙，也会私下带一些糕点之类的感谢母亲。时间久了，知道母亲为人善良，经常和母亲聊聊心里话。

　　老华为人强势，也很吝啬，亲戚朋友莫想要他免费拿一块糍粑或者一根油条吃。倘若女主人做了一回主免费送人了，老华的嘴巴会吧嗒吧嗒唠叨一整天，埋怨女主人不会过日子，忘本了，忘了自己当初一贫如洗的苦日子。原来老华从小父母双亡，靠着要饭乞讨度日，终于遇到一个做白案的师傅看他可怜，收留了他，教会了他炸油条、麻花、糍粑等手艺，多年用心经营才有了现在的规模。

　　傍晚，油炸铺子早就关了炉子，收拾完案板和桌椅，老华家另一块生意开始忙碌起来。开水炉子旁边是一方清澈的水塘，取水方便干净，这时炉子的水早已咕噜咕噜地响起来了。女主人和稍小的孩子都在锅底下烧柴火，柴火都是一二十里外小山脚下的村民送到家的。柴火晒得干裂，树棍剁成长短合适，砍柴的人都按照老华的要求送来，不然老华脸一黑，下次不要送了，他们会在镇上的集市里等很久，都不见得能卖掉。老华给的价格不高，但每次都是现钱。

老华或者稍大的孩子一边帮忙接开水，一边收钱或是自制水牌子（就是上面刻有一瓶、二瓶、五瓶字样的竹签，每张签的下方都刻有小小的"华"字）。买水牌子可以便宜一些，开水一分钱一瓶，买十瓶水牌子，免费赠送一瓶，这样既可以招揽顾客，也可以让自己手中有更多的活钱。老华每每看见华家的水牌在人们手中使用，心中总有一种莫名的成就感，自己的牌号在这个小镇上也是人尽皆知的！来冲开水的，平常大都是在乡里面有工作单位的或者开店铺做生意的人家，但是冬天周边普通百姓也有人提着水瓶过来冲开水的。

当时开水炉子和油炸铺子生意红火，老华家居然成为乡里私人第一个买电视的人家。老华颇有生意头脑：一到晚上，他将电视放在门前空地的中央位置，把音量调得很大。当《霍元甲》主题曲"昏睡百年，国人渐已醒，睁开眼吧，小心看吧"的歌声响起，四周顿时围拢了许多慕名而来的观众。老华将空地拉起一个布篷，围得严严实实，只留一个小口子，由他亲自收费，五分钱一个人，几个儿子在四周巡逻。老华对小孩掀开帘子偷偷地溜进去，大都睁一眼闭一眼，但是倘若是半大的小伙子，会立马抓住叫他补票。也有人背后骂或者当面笑骂，指责他为富不仁，看个破电视剧还收钱，真是越有钱越抠，掉到钱眼里去了。老华一般装着听不见，讲的人多了，便笑着说："你们看电影不也要钱吗？这还是便宜得多吧！"围观的人直摇头，都说生意人都把钱算计到骨头渣子里了。

听说老华对几个儿子都很严厉，和熟人聊天时很有心得地说："马要打，牛要鞭，小家伙不打要上天！念书不听话就要靠棍子打，没得道理港（讲），不打不成才！"老大老二在他的棍棒教育下，都考上了当时令人羡慕的国家中专和师范学校，分配了不错的工作。只是老三性格倔强，天生叛逆，读书比起两个哥哥来简直是云泥之别，成绩一塌糊涂，还经常在学校里惹是生非，被老华打得身上青一条紫一块。但没过几天，老三又恶性复发，勉强混到初中毕业，便在家无所事事，还打架滋事。老三自然是老华眼中的讨债鬼，横竖看着不顺眼，有时甚至要闹到父子动手的地步。但老三长得魁梧，且有一把蛮力，老华只好生闷气，经常骂："你这个小搪炮子的，给老子滚，我家没有你这个出气带冒烟的现世宝！"老华被老三伤透了心，后来对小儿子的学习也不再那么严厉，态度温和了好多，经常跟熟人说："小家伙念书照不照，还得靠他自己，我噶（家）这个三犟子就不是那块料！"

老三后来干脆头发烫成个大波浪，穿着喇叭裤，迷恋唱流行歌曲和跳霹雳舞，经常在街道上吹着口哨招摇过市。有一次居然跟着来小镇里演出的草台班子歌舞团到处漂泊，混了几年，神情落寞地回来，性格也变了，整天无精打采的。只有心疼他的母亲含泪劝慰他要好好振作起来，找一份事情做做。老三最后学了理发，开了个新潮的美发店，但是生意清淡，最后不知道为什么竟然自杀了。虽然老三做事让老华看不惯，但老三的死还是让老华伤心不已。女主人有一段时间以泪洗面，头上的白发明显增多，脸上的皱纹也越来越深。

老小普通高中毕业，没有考上大学，当了几年兵，转业回来在乡政府里面谋了一份普通办事员的差事，不幸出了严重的车祸。老华两口子为了小儿子费尽心机，只要周围的人说某地菩萨显灵，老华便叫女主人前去烧香拜佛，希望能保佑小儿子健康！老华夫妻俩的头发白了一大半，老华经常跟人叹息说："你们是不晓得哎，这几年我和烧锅的（妻子）过得都不是人过的日子，从来没有睡过一个囫囵觉，经常半夜里吓醒，生怕老小有个好歹哟！"精心服侍了几年，小儿子总算痊愈了！

前面两个儿子结婚成家，老华把手中的钱卡得死死的，还理直气壮地说："我辛辛苦苦地把你们这些讨债鬼养大，供你们上学，成家还要问我伸手，你们当我是开银行的？我当年像你们这么大，屁也没有，白手起家，这些家产不都是我辛辛苦苦一分一毛攒来的？有本事自己挣，反正我没钱！"
两个儿子苦苦哀求希望多少给一点，家中又不是没有，况且
时代不一样了，不能翻过去的老皇历，最后还是女主人不顾
老华的阻拦，给两个儿子每人弹了三床棉絮做棉被。两个儿
子当然对老华一肚子意见，难听的话也说了不少，认为他偏
心小儿子，最后竟和他吵得不可开交，关系非常糟糕，一度
要到断绝父子关系的份儿上。

　　女主人老年时得了骨癌，整个人瘦得皮包骨头，更显得
瘦小，前面两个儿子、媳妇回来的很少，只有小儿子经常在
床前倒茶递水。老华这个时候仿佛才发现，老伴对自己的重
要，性格温和了许多，剩下的时间都是他悉心照料，不离不
弃地陪伴。一个人忙不过来，顺着女主人的意思，便亲自找
到我的母亲，低着头恳请我的母亲帮一下忙。我的母亲看在
和女主人几十年不错的感情上，爽快地答应了。她像照顾自
己的亲人一样日夜陪伴服侍了近一个月，和女主人说说话，
劝慰劝慰，直到女主人熬到油尽灯枯，咽下了最后一口气。
老华头发全白了，稀疏杂乱地堆在头上，胡子拉碴，眼睛通
红，整天阴沉着脸着不愿说话，默默地看着女主人的遗像发
呆，或者坐在角落里看着几个儿子在操办丧事。他没让儿子
们掏一分钱，风风光光地把女主人的丧事办了，也懒得再和
几个儿子说话，挥挥手让他们回家，自己仍旧关在老屋里，

仿佛一下子衰老了好多。

办完女主人的丧事，老华发自内心地感谢我母亲的无私照顾，比自己家的儿媳不知道要好多少倍，不然这段日子他都不知道怎么办才好。我母亲回来感慨地说："和小家伙僵到这个份儿上，要钱搞什么呢？整天睡在钱山上又怎港（讲）呢？"

几年前回老家，再到镇上走走，看到开水炉子和油炸铺子连同老房子早已拆除，盖成崭新的楼房，只是旁边大池塘的水依然清澈。我站在池塘边，仿佛又听到咕嘟咕嘟开水沸腾的声音，油条在油锅里翻滚，飘过来香味，往事一幕幕在眼前浮现，让我唏嘘不已……

剃头匠

　　小时候的乡村，没有现在遍地开花的所谓理发店，几乎都是背着包的剃头匠挨家挨户跑。剃头一般都是包年，大人和小孩剃头的价格，都是按乡村行情定的。大多要等到秋收过后，村民卖完稻谷，手头有几个剩钱，剃头匠一边剃头，一边收钱。

　　剃头匠是吃百家饭的手艺人，"虽为毫末技艺，却是顶上功夫"，在过去也是很受人尊重的。剃头匠每次来村里，村民若想剃头，吆喝一声，他便来到家门口，主人拖出一条长凳，端来一盆温水，把长凳放在走廊或者晒谷场上，有的干脆把长凳放在村口大树下，周围村民赶过来依次剃头。剃头匠用一件常洗但仍污渍斑斑的大围裙一围，剃完后，剃头匠拍拍围裙上残留的头发，男主人用温水痛痛快快地洗上一把，整个人仿佛轻松不少，在别人眼里也精神了许多。倘若剃头匠自己或者带的徒弟不小心失了手，把人脸刮破了，剃头匠会一个劲儿地低头赔着笑脸，善意的村民大都调侃地说："怎么搞的？你噶（家）师父没教你呀？""你在想什么好事呢？以为是在刮葫芦瓢啊？"

有时候妇女们也凑过来剪个头发，掏个耳朵，修个眉毛，或者干脆过来凑个热闹，听听剃头匠一边剃头一边闲聊走南闯北听过的趣闻轶事和带荤的段子。有一些大胆泼辣的妇女，也和剃头匠开开出格的玩笑。

原先帮我们村剃头的是一个头发花白、有些木讷的老剃头匠，后来跑不动了，让给了一位年轻的剃头匠。年轻的这个剃头匠姓李，长得细皮嫩肉，瘦高个，圆圆的脸蛋，平常说话轻声轻语，穿得清清爽爽。李剃头匠还带了一个十七八岁的徒弟，徒弟是我家还沾一点边儿的远房亲戚。李剃头匠当时三十多岁，没有成家，听说十几岁看戏迷恋一个唱戏的女孩，跟着戏班学了庐剧，私下里拜琴师学会了拉二胡。那个他喜欢的女孩后来离开戏团，嫁给了家境殷实的村主任儿子，李剃头匠像丢了魂一样回到老家，躺在床上哭了三天，整个人瘦了一大圈，后来跟人学了剃头。刚回来那几年，父母和熟人帮他介绍对象，都被他婉拒了。他说自己的心从那个唱戏的女孩结婚就死了。现在父母故去，他年纪渐渐大了，再也没有人提起给他介绍对象的事。

李剃头匠手艺是方圆几十里数一数二的，他曾经多次自负地说过，如果他剃头、刮胡子刮破皮或者留下胡茬，免收一年的剃头费。李剃头匠每次出门前都在家用小磨刀石沾水磨快刮胡刀，给推剪上好机油，剃头时从小木盒里每次拿出的剃头刀都锋利锃亮，推剪灵活自如，不像有些剃头匠只要手中的家伙凑合能用就行，从不会想到磨磨或者上油。李剃头匠每次剃头不论大人小孩，男女老少，也不管旁边围了多少人，始终神情专注从容，像雕琢艺术品一样，不知不觉中头发已撒落一地。他像一个天才的审美艺术家，总能根据各人脑袋的大小和形状以及身材的高矮胖瘦，剃适合的发型，留恰到好处的头发，让人既感觉清爽舒服，又不显得突兀呆板。刮胡子时李剃头匠都先用小刷子沾上刮胡液轻轻一刷，屏声静气，不与人说话，被刮的人只感觉如一阵凉爽的风轻轻吹过，再摸下巴、嘴唇上再也找不到半根胡茬。不像有些剃头匠剃头，能让人明显感到推子拉着头发茬，刮胡刀刮得隐隐作痛，一个村的老少爷们，无论高矮胖瘦、头大头小，理出来的全是一个头型。特别是李剃头匠给两三岁的小孩剃头，不像其他剃头匠几个人抓住婴儿又是哄又是吓，小孩无一例外在号啕哭泣声中完成了剃头，头发还未必剃得干净。李剃头匠只要小孩的母亲抱住小孩，手里拿着个小玩具逗他。李剃头匠围着小孩剃头，下手轻柔，在小孩呵呵的笑声中把头剃得干干净净，如刚剥开的熟鸡蛋一样圆润光滑。

李剃头匠掏耳朵也是一绝。只见他一只手轻轻地抓住耳朵根子，低声说"不要动"，用一根耳耙子对着光在耳朵里如一个高超的画家在小小的耳郭里游走，所到之处，好似耳朵里有人给你全方位按摩，轻轻揉捏，耳朵如卸下重物一样，顿时轻飘了起来，像夏夜的微风拂过，犹如被清水轻轻地洗濯过一样舒适。他再用微型毛刷在耳朵里慢慢地来回搅动，顿时感觉酥软软的，整个人都松弛下来！

经常有村民对他的手艺竖大拇指称赞，都说他们活了这么多年，也见识过不少剃头匠的手艺，但还是李剃头匠让他们开了眼，把小小的剃头手艺都剃出花来了，真是一行有一行的精到和绝活！李剃头匠说："我学剃头整整学了三年，我师父港（说）过最多的话就是：'手艺人靠手艺糊口，要有艺德，学艺不精或者对自己的主顾午马伴西（方言，指敷衍，不够尊重），是要砸饭碗的，以后迟早要遭到报应的！'"

李剃头匠因为长相和手艺活儿好，以及所谓的文艺才能，颇受农村妇女的喜爱。李剃头匠对一般妇女只是客气地笑笑，但没多久，李剃头匠却频繁进入伯父家隔壁的王姓家中，俨然是家中的一名成员。这个王姓家男人是从外地穷乡僻壤招来的上门女婿，人很懦弱老实，在家根本做不了主。王姓家女人颇有几分姿色，喜欢看戏、瞧热闹，对庐剧有些痴迷，最要紧的是李剃头匠说看见她如同看见当年喜欢的女孩。王姓家女人和当年他喜欢的女孩无论走路的姿态、说话的腔调都酷似，王姓家女人经常和李剃头匠在大树下对唱《十八里相送》，一个演富家小姐，一个演落难公子。他俩能很快进入戏中角色，李剃头匠一声深情拖长音的"小——姐——"，王姓家女人用衣袖遮住半边脸，面带含羞地一声娇滴滴的"公——子——"，眼神妩媚地看着李剃头匠，演着演着两个人的眼神就融化在一起了，简直把这里当成了戏院，引得围观村民一阵喝彩的掌声和起哄的叫声。李剃头匠恍惚中以为又回到从前的戏台上，又和他心爱的女孩在一起演戏。后来王姓家女人干脆和李剃头匠黏在一起了。

那个跟着他一年多的徒弟，圆脸，矮个儿，人很实诚，大概是实在看不下去了。有一天清晨，徒弟在王姓家门口的泥巴土院边等了好久，才看见李剃头匠从门里慢腾腾地出来，终于忍不住对李剃头匠说："师父哎，按讲有些事是做徒弟的不该港（说）的，也港（说）不出口，但不港（说）心里堵得慌！您跟这个女的搞什么东西呢？您条件也不赖，干吗搞得一噶（家）不像一噶（家），两噶（家）不像两噶（家），而且名声也不好？您是不晓得，有些人在我面前港（说）的话都不能听哎！"李剃头匠有些幸福满足表情的脸顿时涨红了，两只平时唱戏时含情脉脉的眼睛拧成了三角形，似乎要喷出火来，牙齿咬得咯咯响，但没有说话。又沉默了片刻，他狠狠地吐了一口气，恼怒地说："你这个小家伙，从小大大

（爸爸）妈妈怎么教育你的？你到底是跟我来学剃头的，还是来管我的？你看看你，也跟我学了一年多了，水平你自己看还差多远？把心思用在学剃头上面吧，否则以后千万别港（说）是我教你的，我丢不起这个人！我再港（说）一遍，我自己的事情用不着你操心！"一番话把做徒弟的说得傻傻地站在原地，低头连气儿也不敢大声喘，回过神来，师父已经走了，急忙一阵快走，跟着师父向村外走去。

李剃头匠在众人的指指点点中和那个女人生养了一个小男孩辉，居然和王姓家人还生活在一起！辉从小就体弱多病，李剃头匠四处为他求医问药，这个家庭畸形地生活了很多年，开始村里人还当作茶余饭后的谈资聊一聊，后来见怪不怪，懒得再去说道，只是辉的性格变得越来越沉默寡言！

随着时代的发展，乡镇理发店慢慢兴起，李剃头匠岁数渐渐变大，年轻人嫌他剃头不时髦。李剃头匠内心却很自负，对年轻人号称时尚的发型嗤之以鼻，经常和老人谈论年轻人坏了祖宗的规矩，找他包头剃的人慢慢减少，生意越来越不景气。王姓家原来的子女都已长大成家，对这个半路上插进自己家庭、让自己在村民面前抬不起头来的李剃头匠的态度更是每况愈下，经常说些难听的话让他下不了台。那个辉念书勉勉强强混了个初中毕业，李剃头匠想让他也学剃头，他死活不愿意，李剃头匠很无奈。辉随着年龄的长大，经常冲李剃头匠发火甚至谩骂,李剃头匠不再争辩,只是摇头无语,有时候嘴里还会长叹:"造孽啊!上辈子干什么坏事欠了他的?"

李剃头匠加入办丧事的乐队,负责拉二胡,也许是阅历的缘故,他的二胡拉得时而凄凉如孤雁失群的哀鸣,时而如孤独漂泊、老来无家可归的游子惆怅无助的低吟,倒是也在周围乡村博得了一些名声。渐渐地听不到他唱戏了,有时候农闲没事的时候,李剃头匠一个人傍晚坐在以前帮村人理发的村口大树下,静静地拉着那把跟随他大半辈子的旧二胡。刚开始还拉些轻快的曲子,拉着拉着曲调越来越悲凉,二胡声音近乎哽咽。拉完后,脸上挂着两行泪痕,像个泥塑一样枯坐在那里,有时摇摇头,嘴里吐出一声长长的叹息。王姓家女人年老色衰,在家中早没了往日的强势,泼辣的媳妇经常指桑骂槐地责备她和李剃头匠之间的那些事。有时候王姓家女人听见二胡声偷偷地在自家老屋院子门口装着扫地,听着听着手中的扫帚忘记了扫地,不住地用衣袖擦拭着眼角的泪水,看见儿子、媳妇出来,赶紧再继续低头扫地。李剃头匠有时实在受不了王姓家儿子媳妇的冷言冷语,跑回自己的老房子住几天,心中放不下王姓家女人和辉,又低着头灰溜溜地进到王姓家中来。李剃头匠经常喃喃自语,叹气说:"我李某人要强一辈子,不管学什么不敢说学到出神入化,至少在这一带也是小有名气，想不到晚景如此凄凉！哎，为情所困，一步错，步步错啊！还不如当初听人劝，挑个平常女人过一辈子，也不至于落个看别人脸色熬日子的下场啊！"

　　我刚参加工作不久，一次回老家碰见自己在镇上开理发店的李剃头匠的徒弟，说起李剃头匠，他长叹了一声说："这几年被自己的儿子气得够呛，去年脑出血去世了！我师父那么聪明的一个人，学什么像什么，怎么就那么不听劝呢？非要跟那个轻浮的女人纠缠半辈子！唉！听说他的儿子常年在外打工，很少回家！"我脑海中顿时闪现出李剃头匠当年剃头神情专注的表情和拉二胡时陶醉其中的影像，心中长叹不已。李剃头匠剑走偏锋，深陷畸形之恋，自负地听不进别人的劝诫，便早已埋下人生结局凄凉的祸根！

修理铺里的青春

修理铺热闹喧哗，活力四射，破旧音箱里播放着流行歌曲，随风飘荡，吹得很远，隔着半条街都能隐约听见。

我哥和堂哥初中毕业，没能继续学业，又不甘心在田地里捣鼓庄稼，也不愿学习父辈希冀的传统手艺，如泥瓦匠、木匠、篾匠等，他们去县城拜师学了几个月的汽车修理回来开了家汽车修理铺。修理铺原先是盲人伯父开的代销店，粉刷翻新，房前伸盖石棉瓦凉棚，便于遮阳挡雨和放置工具。村里尚没对象的小伙子扎堆聚集在铺里，没有成年人之间的拘束，唾沫飞溅，肆意大声闲谈散侃漂亮的女人和遥不可及的梦想。

我上中专，机械理论学了些皮毛，晓得电焊的基本原理，但从没实际操作过。寒假没事，待在修理铺，照搬书本上学过的知识，笼着袖子闲聊，觉得也是十足的内行。哥哥们斜着眼，不相信似的打量，摇摇头，懒得搭理，继续忙着手里的活。仿佛懂行的高手被轻视，我站起身来，叉着腰，气愤地说他们门缝里瞧人。哥哥被吵得心烦，无奈地挥挥手，让我焊个小物件，试着练练。我醒了醒喉咙，撸起衣袖，摆开架势，蹲下身子，想露一手，学着哥哥平时焊接的样子。侍弄了半天，焊枪故意和我作对似的，不是纹理歪扭，如一堆乱麻纠缠，没有头绪，就是烧破铁板，坑坑洼洼，能瞧见板下的水泥地。我不甘心，埋头捣鼓，被弧光刺的眼睛像被抹了辣椒汁，火灼似的不停流泪。顾不上歇息，忍住疼痛，揉了揉红肿的眼睛，不服气地较劲，继续埋头焊。返工了好几次，仍不理想，焊不牢，轻轻一拽就掉，发泄似的把焊枪和面罩猛地一甩。

堂哥站在旁边冷眼观望，低头捡拾焊枪，盯着焊的物件瞅，半调侃地撇嘴数落："三保，理论港（说）得一套一套的，你适合坐办公室，边喝茶边指挥，不适合干这种粗活。"我坐在矮木凳上，用力过猛，发出咯吱咯吱的响。憋着一股闷气，侧过身子，冷风吹干了脸上的汗，噘着嘴，眯着刺痛的眼，无聊地望着马路上的行人像木偶般来去匆匆，踢了一脚地上废弃的小螺丝。小螺丝委屈地翻了几个跟头，歪躺在角落。脚尖生疼，咬着嘴唇，心里颇不服气："熟练操作有啥牛气！"

哥哥们有事走开，我仔细瞧他们焊接的物件，如手艺高明的裁缝，补得牢，缝得巧，两块铁板之间细密一致的鱼尾纹，如镶了一条精美的银灰色花边，不显生硬违和，没丝毫的杂乱和错位，更没漏焊和气孔。用脚踹没反应，不解气地抓把铁锤敲打，长在一起似的，牢不可分。

哥哥们态度诚恳，干的活好、细致，价格偏低，还可以赊账，生意渐渐有了起色，逐渐置办了更多的小型设备：大小焊枪几把，氧气罐好几个，各种型号的套筒扳手装满一排盒子。修理铺越发显得逼仄，凌乱。车床、钻床、电焊机和工具挤占空间，新旧备品堆放墙角。所谓"卧室"，就是一张普通的木床板，架吊空中，底座用铁角焊接，打进墙壁，牢固稳定。上下床铺，需要借助系在屋梁垂下的两个缠绑土布的铁环。我手臂力气弱，脸憋得通红，双腿在空中蹬踹，使尽全身力气，胳膊吊得酸胀，仍攀爬不上去，嘟囔多次：晚上倘若睡觉迷糊，一脚踏空，摔跌下来不死也重伤，该打个木架或焊座铁梯。哥哥摇摇头，不耐烦地说，巴掌大的地方，架梯太占场子。

对吊在半空的床铺好奇，猜想上面肯定会有许多好玩好吃或贵重的东西，故意藏匿。哥哥们去处理货车半路抛锚故障，我待在铺里看店。找来两个板凳叠着，嘱咐同村小伙伴扶好，颤巍巍地爬上床，手心和额头激动地出汗，做贼似的心虚，不时扫视门口，生怕哥哥们突然返回，我翻个底朝天，垫被都掀起；找寻动作大，床铺轻晃，吓得赶紧停下，心脏似乎要从胸腔里跳出来，定了定神，继续翻找。除了被褥、衣服，只找到几本旧《故事会》和破损封面的金庸武侠小说，还有弥漫的汗臭和机油味。

修理铺生意慢慢地红火起来，堂哥谈恋爱了，没有啥征兆，好像突发的事。女子清秀偏瘦，长脸白净，笑起来有两个浅浅的小酒窝，乌黑发亮的披肩长发。他们感情迅速升温，很快进入热恋。除了干活，整天黏在一起，似乎有说不完的话。堂哥生活上讲究多了，没事对着镜子梳头打扮，胡子刮得精光，头喷摩丝，皮鞋拿旧布擦得能照见影子。铺里活不多的时候，和我哥打个招呼，提前休息洗澡，陪女子散步逛街。

一天下午，一个满脸横肉、长着络腮胡子的肥胖男人，冲过来对着女子拉扯。堂哥护挡，争吵理论，才知道是她的前男友。女子厌恶地一遍遍重申他们已经分手，那段感情早已结束。但男人隔三岔五地来纠缠找事，甚至带几个小混混叼着香烟，来找麻烦，寻碴子，搞得修理铺乌烟瘴气，没法正常营业。堂哥被逼急了，忍了许久的怒火往上蹿，绰起地上的铁棍，猛敲下去，男人像一棵树直挺挺地轰然倒下，在场的人全都呆住了，不知所措。堂哥见男人躺在地上，双眼紧闭不知死活，顿生恐惧，扔掉铁棍，双手像被电击一样不停颤抖，腿直打哆嗦。围观的人越来越多，七嘴八舌地指指点点。堂哥顾不上回家收拾东西，匆匆揣着铺里经营的钱，寻找荒芜的小路拼命跑开。

修理铺和派出所、医院在同一条街上，有人报警，医院和派出所很快来人。男人被抬进医院抢救，派出所四处寻找堂哥，早跑得没影了。

被打男子在医院躺了十几天，诊断是脑震荡。四叔四婶带了大包小包的礼品去探望，赔着笑脸，低头作揖，找人斡旋，好话说尽并答应赔偿医药费和各种损失费，希望他抬抬手撤案。但男人冷着脸，仰着脑袋，死活不接受调解，非要把堂哥抓进号子蹲段时间，才出气解恨。

堂哥偷跑到邻乡，在偏远的亲戚家躲藏，白天待在房间，不敢出来透气，生怕被人瞧见报警；听到远处警笛鸣响，他就抱着头，揪拽头发，浑身像筛糠般发抖，吓得蜷缩在角落，屏息不敢出声，惶恐如惊弓之鸟。思前想后，亲戚帮忙谋划，做了个长远打算。一天深夜，走二十几里僻静的山路，潜回家乡，警觉地左右察看，四处没人，在父母睡觉的窗前轻敲，小声呼喊。突然蹿出一只野猫，以为是埋伏的警察，浑身发软，蹲地瘫倒，迅速一滚，隐藏到黑暗中，见没动静，拍了拍胸口，深吸一口气，重新趴到窗下呼喊。父母惊醒，不敢开灯，悄悄地把他让进门内，收拾好衣服，掏出家中仅有的现金塞给他，小声嘱咐，擦着眼泪，目送他消失在茫茫的黑夜中。

被打男子找不到堂哥的踪影，争取挽回的前女友又跟别的男子恋爱结婚，时间久了，愤怒的情绪像不断稀释的盐水慢慢变淡、渐渐释然，越发觉得为这么个水性杨花的女子纠结，简直是脑袋被门板夹傻了，委托中间人同意撤案，私下解决，四叔赔了一笔钱，总算了结此事。

堂哥乘黑头车，辗转几趟，到了广东，花钱托人打点，去了深圳经济特区。饱一餐饥一顿，整天担惊受怕，还受了风寒，胃病老犯，疼痛难忍，口袋里的钱越花越少，买了几片止疼药就着矿泉水吞下。终于立在深圳火车站出口，默默地注视着偌大的广场，炙热的阳光照射着自己单薄瘦弱的身子，眼前空旷，一阵发黑眩晕，趔趄地晃了晃，差点儿倒下。他长长地吸了口气，抬头望了望清澈干净的天空，几朵薄薄的浮云漫无目的地来回飘荡，来来往往的众多面孔中没一个熟人，更别提亲戚朋友了，耳边听不到一句亲切的家乡口音，像被抛弃在汪洋大海中的一片孤零零的树叶，没有依靠，未来迷茫，不知道出路在哪里。想起小时候梦想独自策马闯天涯、过着没有拘束的生活是多么幼稚天真。

城市高楼大厦林立，宽敞的马路上汽车疾驰，却没有自己的立锥之地。堂哥身处异地他乡，没有学历，但他靠着在修理铺积累的过硬技能和经验，凭仗年轻不吝力气，到处应聘，赔着笑脸，在工厂、工地、修理铺都干过，住过简易工棚和脏兮兮的旅馆大通铺，受到过拉帮结派的异乡人欺凌侮辱，潦倒穷困时躺在公园的长椅上过夜，思念家乡的心情一刻也没有停止。漂泊闯荡了两三年，尝尽人间冷暖和世故，携带辛辛苦苦挣来的打工钱款，回到老家，说话做事稳重了很多。说起这段坎坷的经历，他几次哽咽，抬头望了望陈旧的屋梁，眼圈红肿，含在眼中的泪差点儿滴下来，转身擦去，这和我印象中坚强有力的堂哥判若两人。酒后，他满脸红光，表情慢慢松弛，掏心掏肺地一遍遍感慨：在家乡干事，地方小，熟人熟事，环境单纯，但机会少，挣钱慢。堂哥见惯了外面广阔精彩的世界，眼界大开，小小的乡镇再也待不下去，以后到大城市闯荡打拼，承包工程，开饭店和网吧，最多时手下有好几百工人。

堂哥走了，我哥独自撑起修理铺。

有一次，一辆大货车缓缓地停靠在修理铺门前。车头配件螺栓起根断在贵重部件里面，敲不出，没法拧。铺里备品用完，驾驶员急得来回转，不停地摇头叹息，猛抽香烟，嘀咕说车子要抛锚了，那这趟就白跑了。我哥没说话，抓把破布把断裂处擦拭干净，咬着嘴唇，眯着眼，对着光线，仔细察看断口，用手反复比画，像高明的医生耐心诊治患者，在旧备品库里找个略小的细螺栓，叫我扶好贴在断口，焊枪四周如蜻蜓点水，小心啄了几下。放下焊枪，握紧扳手，盯着螺口，试探性地轻轻转动细螺栓，里面的半截螺丝像洞里被掐住的蛇，扭捏地旋了出来。他吹了吹浮灰，检查贵重部件螺口，丝毫未损。找出同型号螺栓换上，车头空间狭小，我逞能地冲过去抢着安装，光线暗，胳膊和身上蹭了一块块油渍，摸索半天按不上，急得满头大汗。哥哥没说话，轻轻拽过我，头望着天，抓着螺栓，全凭手感，很快装上，接过套筒扳手，一会儿的工夫拧紧，轻轻敲打，竖起耳朵，听听声音，满意地点点头，如同下棋的高手举重若轻地解决对手，朝站在旁边伸头观望等待的驾驶员挥挥手。驾驶员长出一口气，悠闲地抖腿，哼唱着小调，发动货车，一溜烟地不见了踪影。

暑假，酷热的午后，马路上热烘烘的，不时吹来晒干的柏油散发出的阵阵难闻的焦糊味。空荡荡的街道上见不到一个人行走，烈日晒得路边梧桐树上的叶子蔫蔫的，一片片耷拉着，树上的"知了"拼命单调地叫喊，吵得人心烦。哥哥在屋内小钻床边，打孔螺丝垫片。我歪躺在凉棚的竹椅上，在门口照应，敞开贴身的小褂，落地电扇开到最大挡，吹的风夹着热气，身上黏糊糊的。一辆货车缓慢开来，伴着轰隆轰隆的异响，驾驶员慌张地熄火停下，冲进修理铺，掀起褂角扇风，嚷嚷太热，寻求帮助。哥哥放下手里的活，抓把电筒钻进车底，仔细照了照，说车架大梁断裂，再跑可能会翻车。焊枪拖拽到车下，抓过面罩，钻进车底，弧光闪闪灭灭；停下，估计在重新找裂口位置。过了好大一会儿，焊枪和面罩扔出，哥哥从车底一点点探出身子，慢腾腾地挪出来。他摘掉工作帽，满脸热得绯红，汗往下淌，浓密的黑发像在水里浸泡过一样湿漉漉的；工作服上沾满油污，缓缓脱下，撂在椅子上；粗壮的胳膊上一颗颗汗珠往下滴，贴身的背心没有一处是干的。哥哥瘫坐地上，抓着装满凉开水的茶壶，对着壶嘴，咕噜咕噜猛灌，好一会儿才长长地出口气，缓过来，接过驾驶员的香烟和修理费，笑骂鬼天气简直要热死人。

我上中专暑假回来，生了场大病，反复发作。哥哥为了多挣点钱，与人搭伙改装报废汽车，起早贪黑地干。有时晚上在铺子外拉个大功率灯泡，一直忙到深夜，挣的辛苦血汗钱，为了我治病，全送进医院里了。谈恋爱介绍对象，媒人都说哥哥手艺不错，憨厚实在，没啥不良嗜好；哥哥体格强壮，双手粗短，掌心满是厚厚的老茧，是挣钱过日子的好主。女方却嫌哥哥太矮，才一米六多一点儿，简直是"三等残废"，任凭媒人如何说优点，女生头摇得始终像个拨浪鼓，不说话，苦着脸，再没有下文。介绍多个相亲对象，始终没有修成正果。眼瞅着村里年纪相仿的伙伴结婚生子，哥哥和父母都着急，在家唉声叹气。跟嫂子第一次见面，嫂子噘着嘴巴，嘀咕嫌矮，被她母亲一顿抢白：电线杆子高，有啥用？结婚过日子，要实在勤快、守住口袋的男人。小插曲的对话，婚后成了亲戚常提起的段子。

镇上又陆续开了几家修理铺，来的多是熟客，如不赊账，则生意寡淡。大年三十上午，别人在家忙得热热闹闹，置办饭菜，我陪哥哥走村串巷要账。冷风刮吹在脸庞、耳朵上，如鞭子抽打似的疼。家家户户有人，穿着崭新的衣服，站在门口闲聊，庭院打扫干净，收拾清爽，一派喜气祥和的场面，不像平常年轻人都外出打工时的冷清和荒凉。扑鼻的菜香四溢飘散，我忍不住狠狠地嗅了嗅。债主赔着笑脸，主动逢迎，递上香烟，嘴里全是难处。我默默地站在旁边。哥哥抽着烟，安静地听完，叹了口气，望了望清冷的天空，咧嘴苦笑说，生意难做，大过年的，也没法子，跑这么远的路，弟弟等着钱交学费呢！债主也不会空手，掏出点钱，允诺明年啥时候补齐。

账难要，哥哥听从同行朋友们的劝说，去南方发达的城市，凭过硬的手艺打工，吃睡在工地，挣个不烦神的钱。修理铺关闭，日渐破败，老房改造，消失得没有踪迹。喝酒叙旧，偶尔提起青春寻梦和初闯事业的起点，略显青涩的修理铺往事在时光的记忆中泛起浪花，供人慢慢地回味品咂。

老胡夫妻

单位门口，一对中年夫妻开了个大排档。

我刚上班，住单身宿舍，人懒，很少烧饭做菜，附近虽有几个大排档，这家印象最深。

老板姓胡，矮胖，走路快了肚子上的肉直抖，见人总是咧着嘴笑，同事给他起了个外号"武大郎"。他是住在附近的农民，以前闲时常到我们单位捡没烧透的煤炭。看别人开排档，他仗着在生产队多年红白喜事炒菜的底子，也开起来了。

老胡虽胖，但做事有条不紊，切菜虽不能细如发丝，也均匀细长，经常边和人打招呼边切菜，根本不看手底下。老胡动作快、记性好，人再多，也很快就把烧好的菜端上桌。

老胡家的招牌菜是大肠烧咸菜。没有丁点腥臭味，大肠嚼起来嫩滑，咸菜点缀着红彤彤的尖椒，端起来好看，辣乎乎的味道，口感好，下饭。很多人盯着老胡的配料炒菜，回家如法炮制，就是烧不出那个味，请教老胡，他只是呵呵笑，不说话。也有人提起老胡的排档，头摇得像拨浪鼓，说老胡家的桌面什么时候看都油腻腻的，多少年了，从没抹干净；老胡胸前的围裙虽经常洗，但油污斑斑洗不掉，看上去脏兮兮的；老胡烧菜喜欢用食指尝尝味道咸淡，看着就不干净，倒胃口。当时的我，只要味道好，分量足，价格差不多，至于卫生嘛，自我安慰说："不干不净，吃了没病！"后来我渐渐地成了老胡家的常客。

老板娘个子也不高，动作麻溜，做事迅疾而不慌乱，见人笑嘻嘻的，嘴甜，老远就打招呼，恨不得把坐着的人喊站起来，本不准备来的顾客，碍于老板娘的热情也走进来了。熟客觉得价格贵，老胡一般龇着嘴，憨厚地笑，不吱声。老板娘弯着腰，凑上来，讨好地笑着说：小兄弟啊，您好福气，大概不去菜场买菜吧？什么不涨价？真是只挣个辛苦钱，您也不好意思让我亏本吧？下辈子如果像您有这样个好单位，打死我也不干这个辛苦活，您不知道，真哈比（好像）讨饭。当然熟客结账时一般零头都会抹掉。

我经常和关系要好的朋友去排档，有时也和机车组的同事去吃饭、喝酒，天南海北地闲扯。周围几家排档都吃过，有的烧出来的菜味道仿佛水煮似的，干巴巴的；有的分量少，端起来的菜就盘子中间浅浅一层，不够吃。老胡烧的菜味道重，舍得倒油、撒辣椒，端起来满满一大盘。我来的趟数多，也知道些窍门，老胡炒菜时配的便宜白菜多；烧锅子时，牛肉、羊肉等值钱的荤菜也就漂在上面好看，便宜的烫菜放得多，看起来分量足。

我每次去，老胡夫妻俩笑脸相迎，倘若忘了带钱，或者手头拮据，饭前跟老胡讲一声，让他记个账，我约定时间肯定还。老胡刚开始记，看我从未失约，再赊账，老胡手直摇，大声地说："不须记，不须记，兄弟，人品是最好的账本！"有时空闲，夫妇俩当着我的面长叹：有些和我年纪相仿的小伙子欠几百块钱的账，天天推三阻四，嘴里没有一句准信。更夸张的，欠了钱干脆不露面，躲几百块钱的债，为啥就没有您一半靠谱呢？

排档边，偶尔也有衣衫褴褛的乞讨者，有的排档老板手直挥，嘴里已经吐出好几个"滚"，满脸厌恶。每次到老胡家排档，老胡笑着倒上一碗热饭，赶一点剩下的大锅菜。乞讨者讨好地笑着，不停地弯腰点头，千恩万谢地离开。老板娘噘着嘴，嘀嘀咕咕，说有些人要饭是装的，都是好吃懒动的现世东西，埋怨老胡给得多，开个小排档，还真把自己当有钱的老板了。老胡不说话，仿佛一阵风吹过，装着没听见似的，继续埋头炒菜。老板娘倘若嘴里呱啦呱啦唠叨个没完，老胡把眼一瞪，锅铲在锅里敲得当当响，吼道："哪个不是逼得没路走，才出来靠门边（讨饭）？我们当年落难的时候，也比讨饭好不了多少！"老板娘被一顿抢白，眼圈有点红，想发火，咬着嘴唇忍住了，低头忙着手里的活。

我搬到更远的宿舍，甚至结婚成家住到市里，偶尔也去老胡家排档吃饭。有一次，我从市里坐公交车赶来上班，钱包被偷了。周围没熟人，只好硬着头皮去老胡的排档，吞吞吐吐地说明了来意，老胡爽快地拿出一百块钱，笑咧咧地问："够不够，不够拿两百？"我连忙说够了，谢谢！老胡装着生气地说："见外了，不要说拿一百！拿一千，我也放二十四个心！但有些人借一块钱我都不会给的！这么多年处下来，我还不了解你？"老板娘在择菜，也勉强挤出一丝笑容，只是点点头，沉默着不说话。我连忙看着老板娘说："下次上班肯定还给你！"老板娘笑着，一边夸我的人品好，一边感叹现在生意难做，什么都涨价，利润小。我去还钱的时候，老胡笑嘻嘻地拍了拍我的肩膀，看着老板娘，提高声调说："您做事，吐口唾沫是个钉，手头紧，你再来拿，没事！"老板娘脸上堆着笑，兄弟长兄弟短说个不停，又一个劲地赞叹我的人品好。

我也见过老板娘不高兴的时候。几个平常在其他排档吃饭的熟客，老胡夫妻俩笑脸相迎，热情接待。这样的顾客，一会儿说菜价格贵得离谱，一会儿说味道不对劲儿，老板娘脸上的笑容没有了，但忍住没说话，吃完后，又要求打折。老胡依旧带着笑说，小本买卖，利润小，便不再言语，继续忙着烧菜。老板娘扔掉手上正择着的菜，撸了撸袖子，站到前面来，板着脸，双手叉着腰，翻着白眼大声地说："开个小排档容易吗？起得比鸡早，睡得比狗晚，挣两个辛苦钱，大哥哎，你要是嫌贵，下次不要来，一个大男人磨磨唧唧算什么呢？"话说到这份儿上，几个吃客再不好说什么，低着头，掏钱走人。老板娘的白眼也给添油加醋地传开了，人们夸张地学老板娘翻白眼，私下里给老板娘起了个外号"白眼鸡"。一段时间后，上次的顾客又笑嘻嘻地跑到老胡家排档，老胡夫妇依旧笑脸相迎，大家都心照不宣，仿佛什么都没有发生过一样。

老胡夫妻俩最悠闲的时光是午后。最后一批客人走完，老板娘不慌不忙地洗碗择菜，为晚上做准备。老胡斜躺在旧藤椅上，整个人松软了下来，泡一杯叶子大、味道浓的廉价茶，按下旧的小录音机，听听叨叨戏（庐剧）。老胡仰着头，闭着眼睛，手不时地在空中比画着，身子随着节奏轻微摇晃，有时还跟着小声地哼唱，很满足的样子，好像这是人世间最享受的事情。老胡说从小爱看戏，听说哪里搭台唱戏，走多远的路也要去看，再累，都觉得值。有一次，他晚上跑到别的大队看戏，回来的时候和村里戏伴走散了，天上看不见月亮，迷路了，岔到一个坟堆旁边。周围死一般寂静，只有风呼呼地在耳边刮，吓得他双腿直打哆嗦，拼命地跑，跌了好几跤，折腾到半夜才回到家，躺在床上，吓得捂着被子不敢露头，浑身还在抖。过了几天，听说有戏看，他还是跑去看，只是跟紧了同伴。现在好了，买个磁带，想听什么选什么，倘若哪天没听上几出戏，胳膊腿总感觉不舒坦，似乎生活中缺了点啥味道，心里空落落的。

老胡夫妻俩开了近二十年的排档，起早贪黑挣了不少钱，在村里盖起了三层楼房，装潢得也不错，门口围了个大院子。他只有一个宝贝儿子，长得跟老胡简直就是一个模子倒出来的，只是比老胡洋气，今天染个黄头发，过几天又染成红的，穿个破了洞的牛仔裤，两只胳膊上刺了青龙白虎，嘴里经常斜叼着根烟。夫妻俩原本希望儿子认真念书有个好前程，不再干这种辛苦的活，从事个坐办公室的体面工作。可惜儿子根本不是读书的料，虽然也花钱补课，成绩还是在班上末尾徘徊，经常在学校惹事。儿子初中毕业，花钱上了个职业高中，毕业分配到开发区工厂上班，吃不了苦，换了几份工作，最后都不了了之，整天在大街上到处闲逛。

有一次，老胡的儿子在排档里帮忙，和我们单位一个脾气暴躁的年轻职工言语不和，打得头破血流。老胡只得找人斡旋，花了不少钱，总算平息了这件事。那段时间，每次看见我，夫妻俩都满脸愁容，唉声叹气。老胡担心地和我诉苦："这个小搪炮子（指儿子）的，不晓得还给我惹什么麻烦！念书不造，干事还怕吃苦，挣不到钱，花起钱来像淌水一样哗哗的，吃要吃好的，穿要穿好的，以为他老子是沈万三（富翁）？我就是个开小排档的农民，都是他妈惯出来的！"说完，老胡板着脸，狠狠地瞪了一眼老板娘。平常有些强势的老板娘，这时却低头不停抹眼泪说："小家伙不懂事，哪个小家伙不惯？懂事就好了吧！"夫妻俩苦口婆心地劝了多少次，要儿子收收心，好好上班挣钱。儿子依旧满不在乎，老胡最后狠狠心，买了一辆车让儿子跑出租，又给儿子娶了一位老实巴交的媳妇。儿子结婚第二年，添了个小孩，总算渐渐安定下来，不至于四处闲逛了。

几年后，城区统一进行环境卫生整顿，老胡家排档被迫搬离到较远的地方。单位对面盖起了崭新的小区，饭店一条街开得红红火火。老胡和其他几家排档的生意每况愈下，陆陆续续关门了。

最近，在路上碰见老胡，头发全白了，见了我依然咧嘴打招呼。老胡夫妻俩，一个在小区里做清洁工，一个接送孙子，买菜烧饭。我和他闲聊了一会儿，老胡看了看手机，抱歉地说，要去接孙子了。夕阳照在马路边的梧桐树上，洒在老胡秃顶的脑袋上明晃晃的。老胡肥胖的身体努力地往前赶，仿佛追赶着什么巨大的希望。

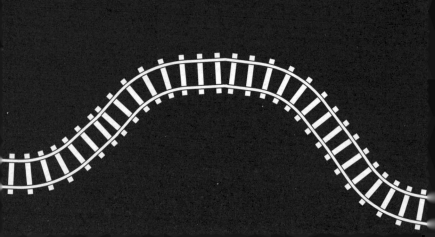